안
녕
하
다

고정순 산문집

안녕하다

제철소

1부

때 때 로 , 영 등 포

영등포

story
01

소래포구를 떠나 서울로 온 우리 가족을 반겨준 것은 흙으로 만든 무허가 집이었다. 소래읍 신천리 298번지 대문을 닫고 영등포구 당산동 집 대문을 열던 순간을 나는 기억한다.

영등포가 우리 가족에게 건넨 첫 마디는 시끄럽고 냉정했다. 얇은 외벽을 사이에 둔 철공소에서는 정교한 작업을 하느라 늘 한쪽 눈을 감은 마른 체구의 사내가 외눈박이 커다란 새처럼 일분일초도 쉬지 않고 금속을 쪼아댔다. 나는 그 새가 늙고 병들었다는 사실을 알게 된 뒤로 공손히 인사를 건넸지만, 그 새는 언제나 나에게 퉁명한 눈빛을 보냈다. 우리 집 골목 모퉁이에는 대문이 없는

작은 집이 하나 있었는데, 그곳에는 몹쓸 병에 걸려 늘 누워 지내는 사내가 살았다. 팔다리가 앙상한 그는 햇빛을 보지 못한 탓인지 병든 흰말처럼 보였다. 나보다 두 살 어린 남동생은 흰말에게 링거 한 병을 사다 주는 심부름을 자주 했고, 그러면 흰말은 냄새 나는 이불 밑에서 종이돈 한 장을 꺼내 쥐여주곤 했다. 전학 온 학교의 아이들은 침을 발라 녹인 설탕 알갱이로 별을 만들고 있었고, 선생들한테는 언제나 고독한 구취가 났다. 썩었을지도 모르는 개고기를 파는 시장을 지나면 사창가 입구가 나왔다. 나는 그곳에서 빨간색 전구를 처음 보았다.

돌멩이도 돈처럼 생겼을 것이라고 믿었던 서울의 첫인상은 가난하고 성급했다. 나는 손가락 끝으로 쓰다듬던 송충이를 몇 초 지나지 않아 운동화 끝으로 뭉개버리고 급식으로 나오는 우유의 맛을 상상했다.

물체주머니나 멜로디언 따위가 필요하다고, 어린 나는 한여름 매미처럼 울어댔다.

가족 모두 서울살이에 고군분투하는 동안 부엌에 사는 쥐는 더 이상 수챗구멍을 통과하지 못할 만큼 끔찍하게 살이 올라 있었다. 나는 읽지 않은 세계문학전집의 제목과 지은이를 달달 외우며 자라났다. 사납고 고단한 고성이 집 안을 떠돌았다. 지금 내 나이쯤 나의 부모는 상한 무릎 연골 때문에 잘 걷지 못하게 되었다. 나의 부모가 펭귄 걸음을 걸을수록 나는 점점 더 많은 것을 가졌다.

영등포. 돌멩이조차 돌멩이답지 못했던 나의 변두리.
나의 고향은 영등포입니다.
이렇게 말하고 나면 어디선가 살얼음 깨지는 소리가 들려올 것만
같다. 그릇에 묻은 기름기를 지우지 못했던 무허가 구옥의 수돗물
은 지금 어디로 흘러가고 있을까. 아직도 추운 겨울이면 열두 살
여자아이 손등을 매섭게 후려치고 있을까.

경애라고 불렀던 것 같다.

전교에서 가장 키가 큰 아이, 말수가 적어 그림자 같던 아이, 인도 소녀처럼 눈이 커다란 아이, 그 아이가 발레에 관해 이야기하기 전에는 그냥 '경애'였던 49번 경애. 울지 않는 경애. 삼각형 모양의 가벽 아래에 살던 경애.

도저히 6학년 여자아이라고 믿기지 않는 외모 때문에 나는 자주 경애에게 키가 몇이냐고 물었다. 170이라는 숫자가 너무 낯설어서 경애의 뒤태를 각시놀이 하는 꼬마신랑처럼 이리저리 살피곤 했다.

그럴 때면 경애는 이렇게 물었다.

"키 큰 게 이상하니?"

경애보다 작은 나는, 나보다 큰 경애가 이상했다. 어린 나는 나보다 가난한 서울 아이가 있다는 사실이 이상했다. 이상하지 말아야 할 것이 이상해서, 그래서 미안했다. 벽돌 공장 뒤꼍을 지나는 동안 감추지 못했던 당혹감이, 석판 지붕 위 더러운 새 둥지에 오래 머물던 나의 눈길이, 경애가 차려준 밥상 위 반찬들에 다정하지 못했던 나의 식욕이 미안했다.

삼각형 모양의 컨테이너 방 안에는 작은 비키니 옷장과 앉은뱅이 책상이 가지런히 놓여 있었다. 삼각형에서 가장 작은 변에 해당하는 벽에는 반짝거리는 금실로 엮인 옷걸이에 새하얀 발레복이 걸려 있었다. 비좁은 방 안에 옹기종기 모여 있을 법한 세간 살림이 하나도 없었다. 평소에는 그림자 같기만 하던 경애가 그 안에서 발레복을 바라보며 활짝 웃었다. 새까만 눈썹이 소복한 경애는 아빠가 돌아오면, 언니가 월급 타면, 엄마가 행복해지면, 하얀 발레복을 입고 지구 어딘가에 있다는 새하얀 눈의 나라로 갈 거라고 했다.

작업실을 방문한 낯선 사람들이 돌아가고 커피 얼룩이 묻은 잔을 닦으며 경애를 생각했다. 고무 밸브가 낡아 물이 새는 수도꼭지를 보며 경애를 생각했다. 월세를 독촉하는 주인아저씨의 전화를 받

는 날이면 문밖에 열세 살 경애가 서 있는 기분이 들었다.

초대하면 나에게 올까, 뱅글뱅글 돌며 나에게 와줄까.

열세 살 경애에게 오늘 아침 작업실 안에 핀 고드름을 보여주고 싶다. 결로 때문에 밤새 방 안에서 고드름이 피어났다. 이틀 동안 벽을 더듬으며 바람이 새어 들어오는 틈새를 찾았다. 바람벽으로 만들어진 나의 작업실.

바람을 막으려고 두꺼운 스티로폼을 자르다가 그만뒀다. 수천 개의 스티로폼이 있어도 작업실 외벽을 다 막지는 못하겠다 싶어 방 한가운데 멍하니 앉아 있자니 어디선가 바람이 불어온다. 방금 창틀을 막았던 스티로폼 조각이 바람의 무게를 이기지 못하고 떨어진다. 누군가의 손을 잡고 싶지만 그냥 스티로폼을 꽉 쥐어본다. 인공의 따뜻함, 핏줄도 뼈도 없이 울렁대는 위안을 나는 잠시나마 느꼈을까.

바람막이 비닐이 파도 소리를 내며 출렁거려. 경애야, 사람은 꿈 때문에 행복할까, 불행할까?

별로 친하지 않은 나를 집으로 초대해 라면을 끓여주던 경애의 마음을 십 분의 일이라도 이해한다고 말하면, 눈부신 발레복을 입은 경애가 내 집에 놀러 와줄까. 서울 사람은 모두 부자인 줄 알았던 촌뜨기 전학생인 내게 음악 공책을 선물하며 차이콥스키라는 노랫말 같은 이름을 알려준 경애는 지금 따듯한 겨울을 보내고 있을까.

나의 낡은 외투와 살비듬 사이로 고드름이 핀다.

포도 철이 끝난 무렵이라 여태 나무에 달려 있는 포도들의 몸을 감싼 종이옷은 검붉은 보랏빛으로 물들어 있었다. 한철 수확이 끝나고 남은 포도는 가족 몫으로 남겨 놓는 거라 대부분 시들하게 늙은 것뿐이었다. 하지만 찌그러진 쟁반 위에 성한 것들만 골라놓은 포도는 한창때 그것과 맛이 다르지 않았다.

포도를 다 먹고 간이로 만든 부엌에서 긴 호스를 빼 첨벙대며 손을 씻었다. 그러고는 포도나무들이 내려다보이는 평상에 앉아 스킬 자수를 놓기 시작했다. 갈고리 같은 바늘 끝에 나일론 실을 걸어 도안의 색깔대로 메우면 되는 단순한 작업.

스킬 자수에 '자수'라는 고고한 명칭은 지금 생각해도 별로 어울리지 않는 것 같다. 특별히 머리를 굴려야 하는 일도 아니고 상상력을 쥐어짜내야 하는 일도 아니다. 아무 생각 없이 시간을 낚을 수 있는 매력을 빼면 별로 흥미롭지 못한 소일거리다.

미키마우스 면상을 나일론 실로 메워가는 동안 우린 별말이 없었다. 포도나무집 친구는 평소에도 말수가 적었고 상대적으로 난 쉬지 않고 말을 늘어놓는 성격이었는데, 그날은 스킬 자수에 푹 빠져 말하는 것조차 잊어버린 것이다. 단순한 손놀림을 반복하는 일에는 묘한 쾌감이 있다. 상념을 잠재우거나 잡념의 가지를 솎아내는 효과. 사실 시름이 많지 않은 초등학생이니 목적 없는 집중이 학교 공부보다 조금 더 신났던 것 같다.

얼마나 지났을까. 미키마우스 귀에 들어가는 검정 색실이 떨어져서 친구에게 빌려달라고 했더니 친구도 마침 검은 실이 떨어져 그만두려던 참이라고 했다. 아쉽지만 스킬 자수 꾸러미를 원래 들어 있던 주머니에 넣고 자리에서 일어섰다.

그런데 눈앞에 놀라운 풍광이 그림처럼 펼쳐졌다. 나도 모르게 탄성이 나왔다. 낮 동안 밋밋하게 떠 있던 해가 산꼭대기에 붉은 낯빛을 하고 버티고 있는 게 아닌가.

해를 감싸고 있는 구름도 감빛으로 물들고 산의 세세한 형체가 사라지면서 오로지 굵은 능선들만 선명하게 남아 있었다. 늙은 소가 긴 울음을 울었다. 친구는 늘 보던 광경이라 그런지 그리 놀라지 않았지만 내가 떠는 법석이 싫지 않은 기색이었다. 제집 안방 서랍에 감춰둔 황금 돼지를 보이며 으쓱대는 사람과는 다른, 친구의 얼굴에는 뭔지 모를 자부심이 조용히 흐르고 있었다.

우리 가족은 영등포로 오기 전 포구가 있는 작은 마을에 살았다. 시골 학교에 다니기는 했으나 포도나무집 친구처럼 시골다운 시골에 사는 친구는 그리 많지 않았다. 해가 저무는 모습을 또렷하게 바라본 적이 없었기에 나는 벌어진 입을 쉽게 다물지 못했다. 역광을 받은 작은 시골 마을은 세부묘사를 과감하게 생략한 오래된 명화 같았다. 필요 없는 미사여구를 습득한 지금의 내가 만들어낸 표현일지 모른다. 해가 완전히 사라지기 전까지 앉아서 천천히 눈을 감았다가 떴다. 왜 그랬는지 모르겠지만, 친구 아버지가 태워준 봉고를 타고 집에 도착할 때까지 나는 계속 눈을 감았다가 떴다.

지는 해를 등지고 집으로 돌아가는 사람들을 보면 때때로 눈가가 이유 없이 시큰해진다. 함부로 바라볼 수 없는 해를 이고 지고 사는 사람들. 오늘도 내일도 뭔가를 끊임없이 기다리는 사람들.

영등포 대로변에 즐비하게 늘어서 있는 철공소들 사이로 해가 서서히 사라지면 가끔 포도밭에서 바라보았던 해를 떠올렸다. 플라스틱 빗자루로 쇳가루를 쓸어 담는 사람들, 청과물 시장으로 모여

드는 거대한 차들, 사람들. 하나둘씩 켜지던 네온사인과 사창가의
형광 전구들.

어둠이 내리면 다시 하루를 시작하는 것 같은 영등포의 풍경들.

나는 지금 포도밭도 영등포도 아닌 또 다른 장소에서 살고 있다.

장엄하게 느껴졌던 포도밭의 해지는 풍경과 영등포의 소란스럽
던 오후는 이제 기억 속에만 남아 있다. 하지만 지금 내가 사는 이
곳에도 변함없이 뜨고 지는 해가 있고, 해를 이고 하루를 사는 사
람들이 있다.

춤

story
04

왼쪽 가슴에 박힌 '안전제일'이라는 노란색 글씨가 지르박 리듬에
맞춰 좌우로 흔들거렸다.

'한전'에 다니던 그는 동네에서 유일한 공무원이었고, 동시에 아
줌마들에게 인기 많은 춤선생이었다. 그는 큰 키에 굵은 테 안경
을 썼는데, 어지간해선 안전제일 점퍼를 벗지 않았다. 느물거리는
말투와 만화영화 속 대마왕 같은 웃음소리, 어린 나는 그가 별로
유쾌하게 느껴지지 않았다.

얼마 전 삼남매가 모여 옛일로 수다를 떨던 중 그에 관한 이야기
가 나왔다. 내가 그 아저씨 생김새가 꼭 물미역 같지 않았냐고 묻

자 언니는 그건 물미역에 미안한 일이라고 말했다. 언니도 나처럼 그를 어지간히 싫어했던 모양이다. 듣고 있던 동생도 고개를 끄덕였다.

우리에겐 그를 싫어할 만한 충분한 이유가 있었다.

그는 토요일 오후만 되면 수다스러운 동네 아줌마들을 이끌고 우리 집을 찾았다. 그때마다 우리 삼남매는 쪼르르 밖으로 쫓겨나야 했다. 과자라도 사 먹으라고 쥐여주는 돈 몇 푼이 나는 기분 나빴다. 돈보다 만화영화를 보며 뒹구는 토요일 오후의 평온함이 더 좋았기 때문이다.

그렇게 밖으로 내몰린 우리는 담장 아래 쪼그려 앉아 기운 없는 병아리처럼 시간을 보낼 궁리를 했다. 금세 지루해진 언니는 친구네 집으로, 동생은 만화방으로 달려갔다. 나는 슬그머니 자리에서 일어나 다시 집으로 향했다.

부엌문을 조심스럽게 연 다음 찢어진 창호지 사이로 방 안을 들여다봤다. 비좁은 단칸방 안에서 다 큰 사람들이 모여 춤을 추고 있었다.

노란 비닐 장판이 겹쳐 생긴 줄을 중심으로 양쪽으로 나란히 선 아줌마들이 한전 아저씨의 손을 잡고 춤을 추고 있었다. 안전제일 글씨와 아줌마들의 엉덩이가 지르박 리듬을 타고 노란 비닐 장판

위에서 좌우로 흔들거렸다. 스텝이 꼬이고 방이 좁아 서로 엉덩이가 부딪혔다. 이 우스꽝스러운 댄서들은 알 수 없는 추임새로 서로를 격려하며 열심히 춤을 췄다. 내 연습장이 방바닥에서 아무렇게나 구겨지는데도 무신경한 어른들은 아랑곳하지 않았다.

오락실에 딸린 단칸방의 토요일 오후 풍경.

지르박 메들리는 오락실 소음에 묻혔고, 엄마는 장소를 대여해준 대가를 받을 수 있으니 서로서로 좋은 일이었다. 당시 엄마는 오락실을 운영하며 가게 한쪽에서 오뎅과 떡볶이를 팔았다. 오락실과 분식점이 한 곳에 있으니 동네 아이들의 발길을 끌 만도 한데 어째 손님은 파리보다 적었다.

영등포 중앙시장 근처에는 카바레가 많았다. 지금은 많이 사라졌지만, 우리 식구가 소래읍에서 오락실을 정리하고 서울로 왔을 당시만 해도 카바레 네온사인이 밤마다 꽃을 피웠다.

영등포의 밤거리에는 노동과 유흥이 한데 뒤섞여 나뒹굴었다.

오락실에서 오뎅과 떡볶이를 팔던 엄마와 비좁은 단칸방에서 지르박을 밟던 사람들이 한 지붕 아래 있었던 것처럼.

춤선생이 미용실 아줌마와 야반도주를 하면서 지르박 선율은 멈춰버렸다. 우리 삼남매에게는 다시 평온한 토요일 오후가 찾아왔고 엄마에겐 다른 부업이 생겼다.

언젠가 스페인 거리에서 플라멩코 공연을 봤다는 친구가 말했다. 춤이야말로 가장 원시적인 언어 같다고. 언어가 생겨나기 이전에 사람들은 어쩌면 몸으로 말을 했을지 모르고, 그 몸짓들이 모여 춤이 되었을지도 모른다고.

나도 가끔 춤을 춘다.

그려 놓은 그림이 썩 마음에 들 때, 나도 모르게 춤을 춘다. 춤이라기보다는 괴상한 몸짓에 지나지 않지만 그냥 춤이라고 우기고 싶다. 작업이라는 노동 끝에 추는 춤에는 괴상하지만 묘한 카타르시스가 있다.

안전보다 춤과 여자를 제일이라 여겼던 한전 아저씨가 그림 앞에서 춤을 추는 나를 본다면 스텝이 틀렸다고 말할지도 모르겠다.

내가 지금은 집시들의 춤을 보러 스페인에 가고 싶을 만큼 춤을 사랑하게 되었다는 사실을 알면 조금 의아해할지도.

초등학교 6학년 때 또래보다 조숙한 아이와 친하게 지낸 적이 있
다. 그런 적이 있다고 말하는 이유는 과거라서가 아니라 나에게
인색했던 그 애의 감정 때문이다. 그 애는 서리처럼 차갑고 새침
했다.

그때 처음 알았다. 사람의 마음은 노력한다고 얻어지는 것이 아니
며 관계 안에서의 감정은 늘 불공평하다는 것을.

중앙시장을 지나면 나오는 사창가 끝에 그 친구의 집이 있었다.
영등포를 아는 사람이라면 모두 그 거리를 가장 먼저 떠올릴 만
큼 유명한 곳이었다. 부모님은 다른 동네에서 장사를 하고 그 애
는 언니와 둘이서 살고 있었다.

매력적인(지금 생각하니 전혀 매력적이지 않은) 친구의 곁을 지키느라 갖은 노력을 쥐어짜던 나에게 드디어 영광스러운 날이 찾아왔다. 그 애의 생일파티에 초대를 받은 것이다. 내가 준비한 선물이 뭐였는지 기억나진 않지만 촌스러운 물건을 바라볼 때 짓던 그 아이 특유의 표정은 기억에 남아 있다. 관계에서 약자일수록 부정적인 기억에 강한 집착을 보이는 법이니까. 여하튼 중요한 것은 선물이 아니라 그 아이가 준비한 샴페인이었다. 라벨에 과일이 그려져 있고 지독하게 맛이 없던, 열세 살 아이들에게 금지된 음료인 샴페인을 그 애는 자축의 의미로 준비해둔 것이다.

샴페인을 홀짝거리다가 급기야 취해버린 나와 친구는 방바닥에 누워 울기 시작했다. 왜 울었는지 모르겠다. 그냥 뭔가 다음 행동을 판단하기 전에 눈물이 났다. 어른이 되면 남들 앞에서 울기 힘들 때 혼자 술이나 진탕 마셔야겠다고 다음 날 변소에서 똥을 누며 다짐했던 것도 같다. 막 울고 있는 나에게 그 아이가 곽에 든 고급 티슈 한 장을 뽑아 건네주었다. 13년 인생에서 처음 만난 최고급 화장지였다.

친구가 으스대며 "언니가 화장 지울 때 쓰는 티슈야. 이거 쓴 거 알면 언니한테 혼나" 하기에 내가 "똥꼬 닦는 휴지랑 얼굴 닦는 휴지가 따로 있냐?"라고 물었다.

"그럼. 얼굴이 똥꼬보다 중요하지."

그렇구나.

궂은 날씨가 계속 이어지고 있다. 인터넷 포털 대문에 내일도 비가 온다는 표시로 우산 그림이 걸려 있다. 놀랍도록 재미없는 일상을 살다 보니 엉뚱하게 고급 화장지로 눈물을 닦던 그날이 생각난다. 그 애가 여전히 항문보다 피부미용에 신경 쓰는 삶을 살고 있는지 어쩐지 모르겠다.
난 그 반대의 인생을 사느라 연일 죽을 맛이다.

친구야, 살다 보니 똥꼬가 중요해지는 날이 오더라. 잘 먹고 잘 싸고 잘 자는 것이 중요한 날이 반드시 오더란 말이다. 열세 살 나의 마음을 들었다 놓았던 친구야, 넌 이 사실을 머리로만 알아도 족한 그런 일상을 보내면 좋겠다. 어디에서든, 잘 살아라.

동생에게 그를 기억하느냐고 물었다.

"기억 안 나는데……."

아직 혼자 밥을 먹지 못하는 어린 딸아이를 챙기느라 분주한 동생이 흘리듯 말했다.

나는 조금 허탈했다. 영등포에 관한 이야기를 나눌 때면 나보다 더 세세한 것들까지 기억하던 동생이었는데 유독 그에 대해서는 아무것도 기억하지 못했다.

동생이 만약 그를 기억한다면 꼭 하고 싶은 말이 있었다. 어쩌면 동생이 아니라 그에게 하고 싶은 말이었는지도 모른다.

병상에 누워 온종일 그를 생각한 날이 있었다.

바깥출입이 점점 힘들어지는 나의 상황 때문에 울다가 그가 생각
난 것이다. 그를 향한 미안함 때문이 아니라 나의 처지 때문이었
을 텐데, 눈물은 쉬이 멈추지 않았고 그가 남긴 잔상도 쉽게 사라
지지 않았다.

그의 집에는 대문이 없었다. 썩은 나무판자를 이어 만든 문을 열
고 들어가면 그가 종일 누워 있는 이부자리가 보였다. 대로변에
자리한 그의 집은 화장실이 어디 있는지 밥해 먹을 부엌이 있긴
한 건지 알 수가 없었다. 그의 집 문 앞에는 '자전거와 오토바이를
세워두지 마시오'라는 안내문이 검은 매직으로 가늘고 쓸쓸하게
쓰여 있었다.

어쩌다 열리는 문틈 사이로 보이는 그의 모습은 한 마리 흰말 같
았다. 건강하게 초원을 달리는 말이 아니라 마지막 순간을 향해
남은 숨을 몰아쉬는 말. 유난히 흰 피부가 앙상한 뼈대 위를 간신
히 덮고 있었다. 그는 연신 기침을 해대느라 짧은 말조차 수월하
게 이어가지 못했다.

바깥출입을 못 하는 그를 볼 유일한 기회는 심부름을 해주던 동
네 꼬마들이 그의 집을 드나들 때뿐이었다. '기회'라고 쓰고 나니
순간 고개가 숙어진다. 그에게 미안한 마음이 들어서다. 호기심이

과하게 많았던 나는 그의 특이한 모습을 '구경'했고, 그 흔하지 않은 기회를 잡으려고 종종 나무판자 대문 앞을 서성였다. 그의 푹 꺼진 광대와 툭 튀어나온 붉은 두 눈을 보며 땅바닥에 그리고 놀던 해골바가지를 닮았다고 생각했다.

동네 꼬마들이 생필품과 간단한 의약품을 사다 주면 그는 누워 있던 이부자리에서 돈을 꺼내 심부름하고 남은 거스름돈에 웃돈을 쳐서 주곤 했다. 아이들 무리 속엔 내 동생도 있었다. 나는 몹쓸 병이 옮을지 모른다는 생각에 동생의 옷소매를 끌어당겼다. 그날 동생은 투명한 링거병이 담긴 비닐봉지를 손에 쥐고 난감한 표정으로 나를 바라봤다. 나는 엄마에게 이르겠다고 으름장을 놓았다. 동생은 울먹거리며 다시는 그의 심부름을 하지 않겠다고 내게 약속했다. 나는 조금 떨어진 곳에서 동생이 그에게 링거병을 전해주는 모습을 바라봤다. 동생이 비닐봉지를 건네주고 돌아서자 그는 문고리와 연결해 손목에 묶어놓은 끈을 잡아당겨 열린 문을 다시 닫았다. 그의 세상은 힘겹게 닫혔다.

육손이

중지만 남아 있는 손으로 왕돈가스가 담긴 접시를 내려놓는 식당 점원의 손놀림은 신중하고 정확했다. 손바닥 전체에 흉터가 있는 것을 보니 선천적인 장애는 아닌 듯 보였다. 주문받은 음식을 테이블로 나를 때를 제외하고는 왼손으로 중지만 남은 오른손을 감싸고 있었다. 목소리는 밝고 상냥했으며 접시를 들어 올리기 전에 가볍게 심호흡을 하는 것 같았다. 자신만의 균형을 잡기 위해서라고 멋대로 생각했다.

남들보다 엄지손가락이 하나 많았던 씨름부 육손이도 균형 감각이 뛰어난 선수였다. 초등학교 씨름부원 중에 제일 덩치가 크고 목소리도 우렁찼던 동갑내기 육손이는 왼쪽 엄지손가락에 작은 손가락이 하나 더 달려 별명이 육손이였다. 그 아이는 중학생이 되기 전에 수술하면 남들처럼 멀쩡한 엄지손가락을 갖게 된다고 말하고 다녔는데, 그래서인지 자신의 손을 부끄러워하지 않았다. 신기하게 여기는 아이들의 눈빛도 은근 즐기는 눈치였고 징그러워하는 여자아이들에게 장난치듯 자신의 손을 들이밀기도 했다. 육손이에게 샅바 잡히는 것을 꺼림칙하게 생각하는 아이들도 종종 있었지만 본인은 별로 신경 쓰지 않는 눈치였다.

육손이는 구구단도 몰랐고 그림은 아예 그릴 줄 몰랐다. 누가 "육손아" 하고 부르면 벙글벙글 웃기만 했다. 머리에 공룡만 한 이를 키운다는 소문도 있었지만 내 눈으로 보지는 못했다.

가을 운동회 날 이벤트성 씨름부 시범경기가 있었다. 육손이는 상대인 선배 선수를 가볍게 들어 올리더니 눈 깜짝할 사이에 몸을 돌려 바닥에 눕혔다. 시범경기라 각종 대회에서 우승한 선배 선수가 이기기로 합을 맞췄는데 눈치 없는 육손이는 마치 큰 대회에 출전한 선수처럼 최선을 다해 이겨버린 것이다. 과하게 진지한 육손이는 승리에 겨워 큰소리로 웃었지만 누구 하나 달갑게 축하해주는 사람이 없었다.

씨름이 균형의 운동이라는 말을 어디선가 들은 적이 있다. 상대의 균형을 무너뜨리는 동시에 내 몸의 균형을 유지해야만 하는 운동.

그렇다면 그날 육손이는 힘이 넘치거나 기술이 현란했던 것이 아니라 시범경기에 대충 나선 균형감 잃은 상대를 자신만의 균형으로 이긴 것인지도 모른다.

내가 본 육손이와 음식점 점원의 균형은 고도의 숙련된 운동신경에서 나온 것일까, 아니면 남들과 다르지 않게 보이려는 정신력에서 나온 것일까. 때때로, 내 안에 있을지도 모르는 어떤 '균형'에 대해 생각한다. 사람이 생물학적 나이가 많아졌다고 현명해지는 것은 아니겠지만 그래도 나이가 들어서 조금 편해지는 것은 있다. 인생의 난관을 움켜쥐는 아귀힘은 좀 헐거워졌지만 매사 전투적으로 덤비던 시절보다 힘을 안배하는 균형감은 더 생긴 것 같으니 말이다. 노력해도 얻을 수 없는 것은 일찌감치 포기하고 노력해서 얻어지는 것들만 생각하는 비겁하고 게으른 계산속일지라도 내 안에 어떤 축이 나를 받쳐주길 바란다.
이렇게 나이 들어간다.

안녕

아파트에 사는 아이들은 쪽방촌에 사는 아이들이 하는 농담에 웃지 않았다. 쪽방촌에 사는 아이들은 아파트 베란다가 화초를 키우는 곳인지 장독을 두는 곳인지 알지 못했다. 하지만 코가 반듯하게 생긴 그 아이는 달랐다.

그 아이는 영등포구청역 근처 양옥집에 살았고, 쪽방촌 아이들과도 아파트 단지에 사는 아이들과도 두루 어울리며 지냈다. 정글짐에 앉아 같은 반 여자아이에게 시시한 농담을 던지는 다른 남자아이들과는 격이 달랐다. 덤벙대며 개구지다가도 세심하고 다정했다. 묵묵히 혼자 과학실 뒷정리를 하고 생리 중인 여자아이와 주번을 바꿔주었다. 다른 아이들이 하면 짓궂게 들리는 농담도 그 아이가 하면 기분 좋게 들렸다. 공부도 잘하고 축구도 잘했다. 노래는 못했지만 유행가를 많이 알고 있었고, 아파트에 사는 예쁜 여자아이를 아무도 모르게 좋아하고 있었다.

어느 날 그 아이가 내게 "넌 집이 어디야?" 하고 물었다. 전학 온 지 얼마 되지 않았던 나는 아이들이 무심코 던지는 질문 중에 그 질문이 제일 싫었다. 우리 가족 수보다 많은 쥐가 사는 흙집에 대해 말하고 싶지 않았다. 내가 살던 소래포구 마을에는 아파트도 백화점도 없었다. 영등포는 거기와 다른 곳이라고 생각하며 나는 매 순간 그 차이에 집중하고 있었다.

"저기…… 살아."

내 손은 허공을 정처 없이 휘저었고 마음은 심란했다.

저기 어디…… 저기가 다 네 집이냐, 뭐 이렇게 물을 만도 한데 영등포구청역 근처 양옥집 사는 그 아이는 "아…… 거기, 방방카 근처" 하며 웃었다.

학교 담벼락 옆에 스프링이 삐걱대는 트램펄린을 개조해 오토바이에 싣고 다니며 하굣길 아이들에게 돈을 받고 태워주던 할아버지가 있었다. 아이들은 그 할아버지를 '방방카 할아버지'라고 불렀다. 할아버지는 방방카가 돌아가는 동안 국자에 설탕을 녹여 '달고나'를 만들었다. 달고나 손님이 많을 땐 방방카 타는 아이들은 시간을 넘겨 조금 더 탈 수 있었고, 방방카에 손님이 많으면 아이들은 할아버지 몰래 달고나를 훔쳐 먹고는 했다.

그 아이가 말하는 방방카 근처는 대체 어디일까. 학교 담벼락 근처를 말하는 것이라면 기분이 나빠야 했다. 내가 길고양이가 아닌 이상에야 그럴 리가 없지 않은가. 그렇다면 담벼락 옆 아파트를 말하는 것일까? 하지만 나는 되묻지 않았다.

그리고 방방카가 있는 방향으로 낡은 우리 집이 있으니 영 틀린 말도 아니었다. 방방카 근처에는 아파트가 있고, 당시 민주당 당사가(당명이 수시로 바뀌어도 거긴 늘 민주당 당사였다) 있고, 농협이 있고, 작은 구멍가게를 지나면 내가 사는 흙집이 나온다.

건널목 하나를 사이에 두고 잘사는 동네와 못사는 동네가 나뉘는 것이다. 그날 이후 나는 반 아이들에게 그냥 방방카 근처에 사는 아이가 되었고, 뚜렷한 이유 없이 그 아이가 싫어졌다. 붙임성 좋은 성격도 아무 때나 친한 척하는 능청스러운 미소도 싫었다.

그 아이를 싫어할 이유가 계속 늘어만 가던 어느 날이었다.

서울에 와서 의식주 외에 나를 당황하게 한 것이 있다면 바로 '마니또 게임'이다. 처음에는 게임 규칙을 몰라 당황했는데 점점 선물에 대한 부담감이 몰려왔다. 마니또 선물을 살 돈이 없던 나는 언니의 일기장을 훔쳤다. 아직 한 장밖에 쓰지 않은 열쇠 달린 것이었다.

맨 앞장만 뜯어내면 그런대로 새것으로 보이겠거니 생각했다. 하지만 마니또 친구가 남자라는 사실을 나는 왜 생각하지 못했을까. 게다가 상대는 내가 싫어하는 그 아이였다.

감쪽같다고 믿었던 일기장의 찢긴 단면이 유난히 날 서 보였고 아무리 봐도 새것으로는 보이지 않았다. 나는 별수 없이 달력으로 포장한 일기장을 그 아이 책상 서랍에 넣어뒀다. 그 아이가 선물을 풀고 일기장을 이리저리 살피다가 맨 앞장에 시선을 고정했다. 그 순간 나는 너무 창피하고 혼란스러웠다. 그 아이는 아무 말 없이 일기장을 가방에 넣고 반 아이들과 함께 축구를 하러 운동장으로 나갔다. 잘못은 분명 내가 했는데 아무렇지 않은 그 아이의 뒷모습이 미웠다.

그 아이의 여동생이 내가 '선물한' 일기장을 알림장으로 쓰고 있다는 사실을 알게 된 날, 난 얼굴이 터질 것 같아 실내화 주머니라도 뒤집어쓰고 싶었다. 마니또 선물 하나에도 이토록 고민해야 하는 초등학생은 나 말고 아무도 없을 것 같았다. 흙집에 사는 내가 싫었고 그런 나를 다 알고 있는 것 같은 그 아이가 싫었다.

매미 울음에 귀청이 얼얼하던 어느 여름날, 반에 이상한 기운이 감돌기 시작했다. 그 아이가 전교에서 가장 예쁜 여자아이를 좋아한다는 소문이 돌자 상냥했던 반 여자아이들이 그 아이를 향해 싸

늘하게 등을 돌린 것이다. 물론 따돌림은 아니었고 대놓고 불친절한 친구들도 없었지만 묘하게 이전과는 뭔가 달라진 분위기였다.

나는 속으로 고소해했다. 하지만 그 고소함을 느낀 것도 잠시 잠깐이었다.

관광버스를 타고 소풍을 떠난 날, 돌아오는 차 안에서 장기자랑을 할 때였다. 담임선생님이 마이크를 잡았다.

"웅이가 전학을 가게 돼서 월요일부턴 학교에 오지 않게 되었어."

아이들이 웅성거리기 시작했다. 영등포구청 앞 초록지붕 집에 사는 웅이가, 내가 참 열심히도 싫어하던 그 아이가 전학을 간다니.

반장이 일어나 웅이에게 잘 가라는 인사와 함께 산울림의 〈안녕〉을 무반주로 부르기 시작했다. 그 노래는 무사히 끝나지 못했다. 여기저기서 여자아이들의 울음보가 터지기 시작했고 노래를 부르던 반장마저 울어버렸기 때문이다.

때에 찌든 관광버스 커튼 사이로 주황색 노을이 보였다. 그리고 언뜻 유리창에 울고 있는 내 얼굴이 비쳤다.

내게 일기장을 도둑맞은 언니의 말이 생각난다. 그 일기장을 언니에게 선물한 언니의 상냥한 친구는 일기장 맨 뒤에 예쁜 글씨로 우정의 편지를 적어두었단다. 언니의 이름과 함께.

나는 일기장 맨 뒤를 살피지 못했는데. 우리 반에 고 씨 성은 나 하나뿐이었는데.

얼음 손가락

story
09

날이 추우니 집에서 놀자고 했는데 동생은 좀처럼 말을 듣지 않았다. 평소에는 충실한 부하처럼 내 말이면 껌뻑 죽던 녀석인데 그날따라 양 볼에 힘을 잔뜩 주고 고집을 부렸다. 탈지면을 뜯어 놓은 것 같은 눈이 내리기 때문인지 녀석은 자꾸 밖에 나가 놀자고 졸라댔다. 나도 눈을 맞으며 놀고 싶었지만 얼마 전에 잃어버린 장갑 때문에 망설여졌다.

장갑 없이 눈싸움을 하면 손이 너무 시릴 것 같았고 만약 엄마 눈에라도 띄면 혼꾸멍날 게 뻔했다. 장갑을 잃어버린 사실을 숨기고 겨울을 나기란 받아쓰기 백점을 맞는 것만큼이나 불가능한 일인데, 순간을 모면하고 싶은 마음 때문에 동생의 부탁을 모르는 체하는 중이었다.

어릴 때 동생은 말을 더듬었다. 지금 생각하면 그 이유가 유독 말이 많았던 나 때문이지 않았을까 하는 반성이 든다. 지금도 나는 남들보다 많이 떠들고 쉽게 지치지도 않는다.

하고 싶은 말이 있을 때면 유독 더 심하게 더듬거리는 동생을 보고 있으려니 어쩐지 불쌍했다. 그럼 잠시만 놀고 오자고 찍찍이가 붙어 있는 운동화를 집어 신었다. 뒷마당에 가보니 가시만 남아 있던 장미 넝쿨이 하얀 눈덩이를 잔뜩 이고 있었다. 동생은 눈을 보자 신이 나 아무 데나 철퍼덕 눕기 시작했다. 나는 주머니에 찔러 넣었던 양손을 꺼내 흰 눈을 폭 찔러보았다. 차가워서 망설이다가 또 찔렀다. 손 안 가득 눈을 담아 뭉치고 싶은데 망설여졌다. 눈 위에서 강아지마냥 떼굴떼굴 구르던 동생이 벌떡 일어나 장갑 한 짝을 벗어 내게 주었다. 나는 마다치 않고 장갑을 낀 다음 눈을 뭉쳤다. 우리는 마당을 헤집고 돌아다니며 옷이 축축해질 정도로 눈을 맞고 놀았다. 코끝이 아려오기 시작했다. 한창 흥에 겨운 녀석을 달래 간신히 집으로 돌아왔다.

네모진 나무 밥상 앞에 다섯 식구가 머리를 맞대고 저녁을 먹는데 오른손 엄지손가락이 슬슬 가렵기 시작했다. 숟가락 모서리로 손가락 끝을 꾹꾹 찌르고 있는데 엄마가 내 손을 덥석 잡았다. 그제야 내 손가락을 자세히 보니 엄지손가락 끝이 동그랗게 원을 그리며 색이 변해 있었다. 집으로 돌아와 연탄불에 은근하게 끓고 있는 양은솥 뚜껑을 열어 장갑을 끼지 않았던 오른손을 물에 살짝 담갔다. 물이 펄펄 끓는 상태가 아니라서 안심하고 손을 데우고 있었는데 그게 문제가 된 모양이었다. 얼음 박힌 손가락이 곪기 시작한 것이다.

엄마는 약국에서 사 온 약을 발라주며 장갑을 어디에 흘렸냐고 추궁했다. 나는 기억이 안 나 울먹였다. 축농증 때문에 코에서 나는 삑삑 소리까지 더해져 요상한 울음을 저녁내 울었던 것으로 기억한다.

동상 걸린 손가락이 심하게 욱신거리더니 곧 손톱이 빠져버렸다. 얼마 후에 새살이 돋고 다시 손톱이 올라왔지만 예전 엄지손가락 모양하고는 달랐다.

다 동생 때문이었다. 엄마한테 장갑을 잃어버린 사실을 들킨 것도, 내 손가락에 얼음이 박힌 것도 죄다 녀석 때문이라고 생각했다. 다섯 식구가 쪼르르 누워 자던 작은 방에서 나는 동생을 등지고 잠을 잤다.

두 살이나 많은 누나가 치사하게 모든 탓을 동생에게 돌리고 말도 섞지 않은 채 며칠을 지냈다. 어린 남매 사이에 흔한 일일 수도 있지만 작은 다툼 한 번 없던 의좋은 우리에게 좀처럼 있기 힘든 냉전이었다. 붕대가 감긴 엄지를 동생 보란 듯이 쳐들고 밥을 먹었다. 주산학원에 가기 싫은 날에는 손가락이 아프다고 핑계를 댔다. 모양은 이상해졌지만 다 아물어 더는 아프지 않은 엄지손가락을 치켜들고 떼를 썼다. 온갖 유세를 부리고 동생을 냉대하는 동안 오른손 엄지손가락에 새로운 손톱이 자랐다. 그리고 이제 엄지손가락이 참 이상하게 생겼다고 말하는 사람을 만나면 더는 동생 핑계를 대지 않을 만큼 나이를 먹었다.

손가락 동상을 앓던 그때 동생은 무얼 하며 어디에 있었는지 내 기억 구석구석을 뒤져봐도 보이질 않는다. 오직 나밖에 보이지 않았던 때라 동생은 안중에도 없었던 모양이다.

내가 언니에게 '언니'라고 부르는 것을 듣고 자란 탓에 남동생은 나를 언니라고 불렀다. 나를 언니라고 부르며 졸졸 따라다니고 내 말이면 토씨 하나 달지 않고 충성했던 녀석이다. 늘 말도 안 되는 거짓말로 엉뚱한 이야기를 꾸며내도 동생은 철석같이 나를 믿었다. 부모님 몰래 오락실 동전통에서 동전을 훔치다 걸리는 날에도 동생은 홀로 적진에 들어간 병사처럼 의연하고 담대하게 주동자를 불지 않았다. 썩은 고목에 고무줄을 묶고 줄넘기를 하며 한나절을 보내도 나랑 있으면 늘 배시시 웃으며 좋아하던 녀석인데…….

동생은 장난이 심하고 제멋대로인 누나 때문에 종종 곤란한 상황에 놓이곤 했다. 포경수술을 하고 누워 있던 날에도 어디가 아픈 거냐고 짓궂게 묻는 작은누나 때문에 진땀 좀 흘렸더랬다.

동생 저금통은 내 금고였고, 나는 심심하면 녀석의 일기장을 꺼내 읽었다. 이 모든 악행에 지금까지도 아무 죄의식이 없는 것을 보면 난 예나 지금이나 착한 누나는 아닌 것 같다. 동생이 처음 사귄 여자친구를 소개하는 자리에서조차 이 덜떨어진 자식이 어디가 좋으냐고 물었을 정도니까.

동생이 군대 가던 날 아버지의 편지를 전해줬다. 새벽일을 나가기 전에 달력을 찢어 매직으로 쓴 편지였다. 녀석은 사나이 흉내를 내며 눈물을 감췄지만 "미안하다 아들아"라고 쓰인 마지막 문장에서 끝내 눈물을 보였다. 녀석은 군에 들어가기 전에 자신의 책상 열쇠를 내게 남겼다. 나는 소지품을 잘 간수해달라는 부탁인 줄 알았는데 아니었다. 책상 서랍을 열어보니 아르바이트해서 모은 돈이 들어 있었다. 종류별로 분류해 깔끔하게 정리된 동전들을 보고 알았다. 내게 돈을 남기고 간 것이었다. 급할 때마다 손을 벌리던 누나가 걱정되었는지 휴가 나와 생기는 돈도 모조리 나를 주고 떠나곤 했다.

교도관으로 복무하던 동생이 깊은 산골 부대에서 만난 어린 죄수들 이야기를 들려준 적이 있다. 교화시간에 그들의 사연을 들으며 코를 훌쩍이고 울다가 상사에게 혼난 이야기를 하는데 다시 눈시

울이 벌겋게 달아올랐다.

내가 이상형이라던 동생은 나와 전혀 다른 참한 아가씨를 만나
결혼해 지금은 두 아이의 아빠가 되었다. 지금도 우애가 깊은지
묻는다면 섭섭하게도 아니다. 어릴 적 명절이면 싸우던 친척들을
보며 우리 형제도 자라면 저렇게 될까 궁금했다. 나는 절대 아닐
거라고 생각했는데 아닌 게 아니게 되어버렸다.

삶을 바라보는 관점이 많이 달라졌고 그로 인해 종종 의견 대립
도 있었다. 우리 다섯 식구 말고 다른 가족이 늘어가며 관계도 많
이 달라졌다. 서로 입장이 생기고 역할이 달라지면서 작은 틈이
생길 때도 있다. 나는 그 균열이 아쉬워 동생에게 많이 서운했다.
어쩌면 손가락 동상을 앓던 그때의 나로부터 한 뼘도 자라지 못
했는지도 모른다. 내 쪽에서 먼저 동생을 이해하는 것이 불가능한
걸 보면 난 아직도 어리고 미숙한 누나다.

두 번째 그림책을 내고 얼마 지나지 않아 동생에게 전화가 왔다.
책이 나왔던데 왜 말을 하지 않았냐고, 왜 서먹하게 구냐고 동생
은 따지듯 말했다. 하고 싶은 말이 많았는지 살짝 더듬었다.

이제 동생은 "오빠가……" 하며 어른인 척한다. 나는 그게 싫지 않
다. 나를 언니라고 부르던 시절보다 뭔가 살짝 서운하긴 하지만

그래도 아직 녀석이 내 부하라는 사실만은 변함이 없다. 서로 뭐라고 부르든, 두 살 터울 우리 남매에게는 별로 중요한 문제가 아닌 것 같다.

탯줄

story
10

그나마 집구석에서 제일 깨끗하다 싶은 이불을 깔았다고 생각했
는데 아내의 진통이 깊어질수록 이불은 더 더러워 보였다. 쓰레
기 매립지 한복판 대문도 없는 집에서 남자의 아내는 둘째를 낳
고 있다. 첫째를 낳아 고향집 부모님에게 맡겨 두고 서울로 가던
날 아내는 아들을 꼭 낳고야 말겠다고 중얼거렸다. 남자는 딸이든
아들이든 앞날이 두렵기만 하다고 말하고 싶었으나 꾹 참았다. 아
내의 넓적다리 사이로 붉은 머리가 보였다. 곧 탯줄을 끊어낼 차
례였다. 남자는 첫째를 낳았을 때보다 조금은 능숙한 손놀림으로
불에 달궈 소독한 가위를 집어 들었다. 탯줄을 끊어내자 아무것
도 달리지 않은 아이의 아랫도리가 보였다. 있어야 할 것이 없었

다. 아내는 기운이 어디서 났는지 정신이 온전치 않은 와중에도 큰 소리로 고추가 달렸냐고 물었다. 남자는 대답 대신 쭈글쭈글한 덩어리를 아내 곁에 놓아주었다. 막내처제가 올 때까지 남자는 아무 말도 하지 않았다. 수건을 빨고 끓여놓은 미역국을 데우며 딱 한 번 하늘을 보았을 뿐. 석유곤로 위에서 미역국이 자작자작 끓고 있는 동안 남자는 아내의 울음소리를 들었다.

남자도 아내 못지않게 아들을 기다렸다. 제발 남매로 끝나길 바랐다. 사내아이를 낳기 전까지 아내는 울음을 멈추지 않을 것이고, 빈 병을 닦아 몇이나 먹여 살릴 수 있을지 자신하기 힘들었다. 아내는 자신 앞에 놓인 모든 시련이 아들의 부재 때문이라고 굳게 믿었다. 시어머니가 자신을 홀대하는 이유도, 남편이 공장에서 쫓겨난 것도, 아무리 많은 병의 주둥이를 솔로 문질러도 벗어나기 힘든 가난도 모두 아들이 없어서라고 종교처럼 믿었다.

마당에 쭈그려 앉아 있던 남자에게 막내처제는 요즘은 기술이 좋아 배 속에 아이가 아들인지 딸인지 알려준다는 하나 마나 한 소리를 건넸다. 남자는 자신의 무능을 책망하는 소리임을 알면서도 그냥 웃었다. 목 놓아 우는 아내가 부러웠다. 아이의 탯줄을 끊어냈던 자신의 손을 내려다보며 남자는 속으로 중얼거렸다. 아들이 아니라니.

열 달을 꼬박 아내보다 더 굳게 믿었다. 동네 사람들이 배부른 모양새가 영락없이 아들이라고 했다. 늘 어려워 눈도 못 마주치던 장모가 정부미를 이고 오던 날 들려준 태몽도 그랬고 모든 것이 죄다 아들이라고 말해줬는데……. 좋은 기술을 못 알아본 탓일까, 계집아이는 필요 없다는 아내의 말에 침묵으로 동조한 탓일까, 고향집에서 잠투정도 없이 순하게 자라고 있다는 큰딸내미 이름 가운데에 '빛날 윤' 자를 넣은 것이 잘못된 걸까.

아내는 생각보다 충격에서 금방 벗어났다. 아들을 향한 집념으로 더욱 단단해졌기 때문이다. 하지만 남자의 번뇌는 의외로 깊었다. 남자의 둘째 딸은 동사무소 직원이 아무렇게나 붙여준 이름을 달고 쑥쑥 자랐다. 고향집에 있는 첫째 딸은 여동생을 한 번도 만나지 못한 채 쑥쑥 자랐다.

어느 날, 남자는 석유곤로 곁에 달궈둔 가위를 다시 집어 들었다. 두 딸이 오고 해를 두 번 넘긴 뒤 아들은 그렇게 왔다. 이제 더는 젊다고 말하기 힘든 부부는 각자 다른 이유로 눈물로 훔쳤다.

동생이 아니었다면 나는 세상 빛을 보기 힘들었을 거라고 막내이모는 말했다. 순서상으로 보면 언니 덕이 더 크다고 생각했지만, 어차피 논리와 전혀 상관없는 이야기라 따지기도 귀찮았다. 그래봤자 내가 하찮은 이유로 태어났다는 사실엔 변함이 없으니까.

영등포로 이사 오고 얼마 지나지 않아 김장을 하던 날 이 이야기를 처음 전해 들었다. 삼남매를 모두 똑같이 대했기 때문에 나는 부모님이 오매불망 아들을 바랐다는 사실을 그때 처음 알게 되었다.

내가 누구 덕에 세상 빛을 봤건 어떤 이유로 세상에 왔건 중요한 것은 그런 게 아니다. 나의 배꼽을 만들어준 사람이 아버지라니, 어린 나이에 그 이야기가 신비롭게 들렸다. 가난해서 병원에 가지 못했을 뿐인데 나는 그 이야기가 좋았다. 아버지가 내 탯줄을 손수 잘라주었다는 이야기를 친구들에게 종종 들려주곤 했으니까. 나는 행복한 순간을 표현할 때 배꼽이 간질간질할 때까지 웃는다는 표현을 자주 쓴다. 첫 기차여행을 하던 날, 역에 있는 서점에서 산 책 제목도 『배꼽』이었다. 돌아보면 본능적으로 이 단어를 정겹게 여겼나 보다.

아내의 부탁으로 어쩔 수 없이 탯줄을 끊어야 했던 어떤 남자의 이야기를 들은 적이 있다. 요즘은 아이의 탯줄 끊는 일을 '낭만적인 이벤트'로 여기기도 한다. 하지만 비위가 약한 그 남자는 손을 덜덜 떨며 '이건 곱창이다' 여기며 참고 탯줄을 절단했다고 했다. 그의 이야기를 듣는 동안 아버지가 잘라준 내 탯줄의 질감을 상상했다. 명주실 뭉치처럼 단단했을지 짐승의 창자마냥 부들거렸을지……. 하지만 아버지한테 되묻고 싶지는 않다. 어떤 의미나

느낌을 부여하기엔 너무 퍽퍽한 삶의 질감을 되새기고 싶지 않아
서다.

정갈한 아버지의 후처리 덕분에 나는 무사히 세상의 빛을 보았다.
욕심을 부린다면 나의 기억 속에 그림처럼 선명히 존재했으면 좋
았을 순간이다. 하지만 이야기만으로 남아 있는 것도 나쁘지 않
다. 원래 신비로운 전설일수록 입에서 입으로 전해지는 법이니까.
감사하게도 아버지가 만들어준 배꼽을 달고 재미나게 살아왔다.
이것이 가장 큰 신비가 아닐까.

2부

바람이 어느 쪽에서 불어오든

피
서

낙산으로 피서를 떠났을 때 일이다. 영등포에서 살면서 집안 형편이 나아진 우리 가족이 누린 첫 번째 호사였다. 우리 가족의 (지금까지도) 유일한 가족여행이었기 때문이다. 사실 온 가족이 함께 가지는 못했다. 새벽장사 때문에 아버지는 서울에 남아야 했다. 엄마와 삼남매 그리고 엄마가 딸처럼 아끼는 막내이모, 사촌동생들과 함께 떠났다. 출발 무렵부터 비가 내렸고 장마는 피서 내내 우리와 동행했다.

낙산에 도착해서 민박집을 잡았고 얼추 꾸려온 짐을 다 풀어가고 있는데 느닷없이 민박집 주인이 나가라는 통보를 해왔다. 식솔이 많은 우리 대신 웃돈을 올려주는 다른 손님을 받고 싶어서였다. 민박집 주인은 속내를 숨기지 않았고 우린 난감함을 숨길 길이 없었다. 다른 민박집을 찾기가 어렵다는 사실을 뻔히 아는 상황에서 야박한 주인은 다시 짐을 꾸리기를 재촉했고 우린 순순히 짐을 챙겨야 했다.

갖고 온 짐을 챙겨 민박집 문지방을 넘으려는 찰나에 갑자기 엄마가 서럽게 울기 시작했다.

당시 열네 살이던 나는 엄마의 울음소리에 당황해서 말뚱하게 눈을 뜨고 언니를 바라봤다. 두 살 터울인 언니도 당황한 눈으로 엄마를 바라보고 서 있을 뿐 내가 기대한 어떤 해답도 내놓지 못하고 있었다. 이모가 왜 우냐고 면박을 주자 엄마는 간신히 울음을 그쳤고 우린 민박집 밖으로 나와 논길을 걸었다.

비는 계속 내리고 우린 짐이 너무 짐스러워서 슬슬 짜증이 나기 시작했다. 그런 와중에 갑자기 가방에 달려 있던 허연 솥단지가 논바닥 위로 챙, 하고 떨어지는 게 아닌가. 지금 생각해도 비루하기 짝이 없는 풍경이다. 그 허연 솥단지에 고슬고슬 쌀밥을 지어 먹겠다는 엄마의 포부가 논바닥 위로 힘없이 내쳐진 상황이 우습고도 애처로웠다.

우리도 웃돈을 후하게 쳐주었으면 그 민박집에서 머무를 수 있었을 것이다. 당시에는 왜 그런 생각을 못 했는지 모르겠다. 눈 감으면 코 베인다는 서울에서 상인으로 살아온 엄마가 그 이치를 모르지는 않았을 텐데. 지금 생각해도 도무지 이해가 가지 않는다. 흥정을 붙이지 못한 느린 셈속보다 더 이해하기 힘든 것은, 갑자기 터져 나온 엄마의 울음보다 더 이해하기 힘든 것은 논바닥 위를 구르던 허연 솥단지다.

왜 그것은 우리와 함께 낙산까지 피서를 왔단 말인가. 당시 다른 민박집을 어떻게 구했는지, 물장구는 즐거웠는지 기억이 나질 않는다. 기억나는 것은 다만 논바닥에 솥이 뒹굴기 시작하자 터져 나온 웃음뿐이다.

내가 웃고 동생이 웃고 언니가 웃고, 운다고 면박을 당한 엄마가 웃었다. 우린 웃고 또 웃었다. 너무 웃다가 배가 고파졌고 얼마 지나지 않아 그 솥에 밥을 지어 먹었던 것 같은데 기억이 분명하지는 않다.

살면서 울다가 웃을 때가 있다. 상황이 좋아진 것도 아니고 문제가 사라진 것도 아닌데 어이없이 웃음보가 터질 때가 있다. 그렇게 웃다 보면 문제에서 한 발짝 떨어져 다른 것들이 보이고 해결은 어려워도 나름 고난을 견디기는 수월해진다.

영등포를 떠나 어른이 되어가면서 웃음은 나에게 중요한 친구가 되어주었다. 가끔은 기대한다. 어려운 문제 앞에서 엉뚱하게 굴러주는 허연 솥단지를.

검은 비닐봉지에서 칼을 꺼내 노인에게 내밀었다. 칼이라는 칼은
죄다 만져봤다던 사람이 고작 낡은 나무 손잡이가 달린 부엌칼을
받아 들고 어쩔 줄 몰라 했다. 어린 내 눈에도 손님을 대하는 그의
태도는 지나치게 비굴해 보였고 아무도 귀담아듣지 않는 말들을
계속 중얼거렸다. 동네 어른들이 '살짝 미쳤다'고 수군대는 말이
영 일리가 없게 들리지는 않았다.

청과물 시장 입구에 있는 연립주택 후문에서 숫돌에 칼을 갈던
노인이 있었다. 노인은 칼을 갈아 하나밖에 없는 아들을 뒷바라
지했고 아들은 일본에서 공부를 마치고 커다란 회사에 취직해서
지금은 아버지께 꼬박꼬박 거액의 생활비를 보내온다고 했다. 죽

으면 썩어질 몸뚱이 놀면 뭐하나 싶어서 숫돌을 이고 사람 구경도 할 겸 돌아다니는 중이라고 했다. 노인은 언제나 '하나밖에 없는 아들'과 '먹고살 만한'을 강조했다. 나는 노인의 자기소개를 몇 번이나 되풀이해서 들었는지 모른다. 저번 주에는 손주랑 일본에서 산다던 아들이 이번 주에는 미국에서 혼자 박사 코스를 밟기도, 또 몇 달 새 영국에 있는 큰 회사에 다니기도 했다. 신출귀몰한 '하나밖에 없는 아들'이 정말로 아버지를 위해 세상 곳곳을 돌아다니는 중이라면 효심이 깊어도 너무 깊은 사람이 아닌가.

숫돌과 칼날 사이에 물을 바르는 것이 아니라 침을 바르는 것이 아닐까 하는 생각이 들 정도로 노인은 많은 말을 쏟아냈다. 노인은 칼을 가는 도중 앉은 자리에서 오줌을 지렸고 남이 버린 음식을 주워 먹고, 있지도 않은 아들은 계속 전 세계를 떠돌았다.

노인이 연립주택 앞에서 모습을 감춘 뒤에도 오랫동안 기억에 남는 것이 있다. 언제나 정확하고 날래던 노인의 손놀림이었다. 갈아 온 칼을 받아든 엄마가 "칼 하나는 잘 갈아"라는 평을 내놓았던 것을 보면 노인의 칼 가는 솜씨는 매우 좋았던 모양이다. 칼 가는 노인이 경찰차에 짐짝처럼 실려 떠나고 난 자리에는 그가 기대던 버즘나무가 허연 뼈를 드러내고 있었다.

나의 노년은 아무리 세심한 손길로 다듬고 매만져도 결국 힘없이 지려버리는 오줌처럼 더럽고 무력하게 찾아올지 모른다. 굵은 가래를 침통하게 뱉어내며, 숱이 적은 머리카락을 자르며, 약한 이로 음식을 오물거리며, 인내심이 조바심에 자리를 내어주며, 왕년에 자신이 무엇이었노라 어깃장을 놓으며, 마음보다 나중에 도착한 이해와 오해 사이에서 그렇게…….

칼 가는 노인을 다시 만나면 묻고 싶은 것이 있다. 숫돌 위에서 작아지지 않고 날 선 칼이 되는 방법 말이다.

오
후
반

story
13

아침 6시에 일어나 내가 직접 싼 도시락에 문제집 한 권 들어 있지 않은 가방을 챙겨 들고 현관문을 나선다. 화실 문을 열면 시간은 늘 10분 부족한 7시. 남녀공용 화장실에서 걸레를 빨아 화실 창틀과 바닥을 닦고 있노라면 레드 제플린이 원장실 낡은 턴테이블 위에서 날 위해 신들린 연주를 시작한다. 그러고 나서 석고상 앞에 앉아 연필을 깎고 전날 남긴 선생님의 메모를 확인하고 지시사항을 숙지한 후 석고 소묘를 시작한다.

아침나절 그날그날 정해진 그림을 다 그리고 나면 이젤에 그림을 세워두고 내 이름 석 자를 커다랗게 써 놓았다. 혼자 도시락을 먹어치우고 다시 가방을 들고 화실 문을 나설 때면 시계는 정확하

게 오후 1시를 가리켰고, 나는 2시부터 시작하는 직업학교로 가기 위해 서둘러 아현동 방면 버스에 올라탔다. 직업학교 수업이 끝나면 늦은 7시. 서둘러 다시 목동 화실에 도착하면 퇴근시간에 걸려 8시가 훌쩍 넘곤 했다. 아침에 그리고 간 그림의 평을 듣거나 나는 참가 못 하는 모의시험 일정을 듣는다. 다시 집으로 돌아가는 버스를 타면 자정쯤 영등포에 떨어진다. 내가 늦어서 화실로 다시 못 가는 날에는 다음 날 선생님들이 남긴 메모에 의존해 그림을 그려야만 했다.

성적이 형편없어 일찌감치 대학 진학을 포기한 나는 남들과는 조금 다른 고3 시절을 보냈다. 남들은 원하는 대학을 고르고 있을 때 나는 직업학교에 다녔다. 일주일에 한 번 모교로 등교하고 나머지 요일은 직업학교에서 자격증을 준비했다.

나는 지금도 오전 일찍 작업을 시작하고 늦잠도 거의 안 자며 아주 특수한 상황이 아니면 아침 청소도 거르지 않는다. 그때 몸에 익어버린 습관이 20년이 훌쩍 지난 지금도 남아 있는 모양이다.

나에게 어쩌면 평생 갈지도 모를 습관을 만들어주었던 그 시절, 그들은 나를 '오후반'이라고 불렀다. 나는 화실 아이들과 어울려 편의점 컵라면을 먹지 못하는 오후반 아이였다. 아무리 그림 옆에 내 이름을 크게 써놓아도 그냥 오후반 아이였다. 추운 날에도 땀을 흘리는 아이, 하루가 절반밖에 없는 그냥 그런 오후반이었다.

나는 그해 겨울 수능점수 비율이 낮은 야간대학에 합격했다. 그때부터는 화실에서 '유일하게 합격한 아이'라고 불리긴 했지만 여전히 이름은 없는 오후반이기는 마찬가지였다. 그렇게 추운 겨울 통통 부은 손으로 주물럭거리던 내 몫의 흙덩이를 남기고 육교 옆 작은 화실을 떠났다.

그때 나는 무슨 결심이든 하고 싶었다. 술을 많이 마시는 호방한 대학생이 되거나 사람의 벗은 몸을 무심하게 바라보는 근사한 조각가가 된다거나 성공한 사람이 된다거나 멋지게 미친 사람이 된다거나 하지만 아무 결심도 하지 못했다.

남들보다 부지런히 움직여도 내 인생은 언제나 오후반이었다. 오만 가지 아르바이트를 해도 가난은 벗어나기 힘들었고, '한 움큼도 없는' 재능 때문에 빈 도화지를 앞에 두고 오늘도 내 얼굴은 허옇게 질려 있다. 너무 멀리 와버렸다는 사실을 발견하는 날에도 다시 돌아갈 길을 찾지 못해 끝내 막막해진다.

화실을 떠나며 아무 결심이라도 했더라면 좋았을 것을 뒤늦게 후회가 된다. 아무리 바삐 움직여도 하루의 절반쯤은 늘 더디고 모자란 인생이다. 몸도 마음도 끓는 물에 데친 시금치가 되는 날이면 나에게 달리 건넬 말이 없어서 무작정 걷기만 했다. 남한테 불리고 싶은 이름 정도는 남겨둘 것. 아무 작정이든 어떤 결심이든 그냥 해두지 그랬어. 이 바보 천치야, 늙은 오후반아…….

기다란 어항 속에 플라스틱 해초가 춤을 추고 물레방아가 돌고
있다. 언뜻 봐도 값나가는 고급스러운 어항은 아니다.

엄마는 서울 사람이 되면 제일 먼저 어항을 사고 싶었나 보다. 하
나도 예쁘지 않은 엄마의 해저나라에는 투박한 물고기들이 쥐똥
같은 먹이를 먹고 있었다. 나는 비좁은 집에 어울리지 않는 어항
을 보며 엄마를 비웃을 수 없어 대신 물에 퉁퉁 불은 쥐똥을 오물
대는 물고기들을 비웃었다.

"이제부터 피아노 학원 다녀. 서울 아이들은 학원 한둘은 다 다닌
다더라."

피아노를 배워도 엄마의 막내딸은 쉽게 서울 아이가 되지 못한다

는 사실을 나는 아는데 정작 엄마는 모르고 있었다. 이유야 어찌되었든 없는 살림에 피아노 학원에 다녀야 하는 상황이 좀 우스웠다.

우리 집 장독대 옆 담장으로 까치발을 들면 내가 다니던 피아노 교습소가 보였다. 우리 집만큼이나 디귿 자 모양의 낡은 단층집은 여러 세대가 방 하나씩을 갖고 살고 있었고, 내가 다니는 피아노 교습소는 집 맨 앞에 있었다.

초등학생 시절에는 이런 구조의 집들이 많았다. 내가 술맛을 알게 된 대학생 시절부터 영등포에는 높은 건물들이 늘어갔고 개발의 바람이 불며 이런 벌집 모양의 집들이 하나둘 사라졌다. 그곳에 살던 사람들은 모두 어디로 갔을까? 그들에게는 생존을 위협하는 그 바람을 나는 보고 듣고 느끼며 자랐기에 이런 의문이 드는지도 모르겠다.

처음에는 억지로 다녔던 피아노 교습소를 무려 6년을 꼬박 다녔다. 처음 몇 달을 빼고는 수업이 없는 날에도 교습소를 찾았다. 나무로 만들어진 교습소 문턱이 닳았다면 시간과 내가 공범이다. 어느새 교습소는 나에게 소중한 장소가 되어버렸다. 과거형 문장이 쓸쓸하게 느껴진다. 대형학원에 떠밀려 사라진 베토벤 방과 슈베르트 방 그리고 다정한 나의 선생님. 선생님은 단정한 단발머리에 무채색 계열의 옷을 주로 입었다. 기분이 좋을 때는 톤이 높고 밝은 목소리로 찬송가를 불렀다.

피아노 교습소에는 가벽으로 만든 작은 방이 두 개 있었다. 미닫이 문을 열고 방으로 들어서면 왼쪽 방에는 베토벤이 오른쪽 방에는 슈베르트가 웃고 있었다. 연필로 그린 그들의 초상화를 보며 〈소녀의 기도〉를 치던 시절만 해도 그들이 얼마나 대단한 음악가였는지 정확히 알지 못했다.

그리고 피아노라는 악기가 얼마나 아름다운 발명품인지 알게 된 것도 어른이 된 후였다. 그러니까 다시 말하면 난 피아노를 연주하는 것을 좋아하지 않았고 클래식에 대한 애정도 없었다. 나는 좋아하지 않는 것까지 잘할 만큼 재능이 차고 넘치는 아이가 아니었기에 피아노 실력은 끝까지 형편없었다.

가끔 친구들이 묻는다. 피아노 학원에서 주산을 배웠냐고. 연주 실력이 형편없는 이유를 다들 궁금해했지만 아직 누구에게도 그 이유를 알려주지 않았다. 남모를 비밀이 있었다고 근사하게 말하고 싶지만, 그건 내가 세련된 서울 아이가 되는 것만큼이나 불가능해 보인다. 이유가 너무 엉뚱해서다.

나는 피아노 연주보다 선생님과 보낸 시간이 좋았다. 물론 선생님은 엄마가 낸 교습비 이상으로 열심히 가르쳤지만 나는 영 음악적 소질이 없었다. 나를 조금이라도 아는 사람이라면 내가 얼마

나 현저히 떨어지는 학습 능력을 지녔는지 알고 있다. 알파벳이나 구구단을 암기하는 능력도 운전 실력도 쉬운 자격증 취득도 모두 나에게 넘기 힘든 산이었다. 숫자 7과 8 중에 어떤 것이 크냐는 질문에도 '난 둘 다 실제로 본 적이 없는데 뭐가 더 큰지 알 리가 없잖아'라는 식이다.

그런 나에게 선생님은 군자 같은 인내심을 보였지만 연주 실력은 늘 그대로였다. 비가 오면 선생님이 부쳐주는 부침개를 먹고 눈이 오면 선생님의 연주를 들었다. 꼴등 한 성적표를 선생님에게만 보여줬고 내가 좋아하는 헤비메탈 그룹의 연주를 들려주며 선생님 혼을 쏙 빼놓았다. 선생님과의 즐거운 시간이 인절미 콩가루처럼 많을 거라고 여기던 시절이었지만 돌아보면 나는 선생님에 대해 아는 것이 별로 없었다. 집안 사정 때문에 음대를 졸업하지 못했고 결혼을 하지 않았다는 것 외에는. 선생님이 웃을 때 커다란 눈망울 옆으로 지던 잔주름이 짙어질 무렵 우리에게 이별의 시간이 찾아왔다. 피아노 학원이 있던 디귿 자 모양의 단층집이 철거를 앞두고 있었기 때문이다.

그 무렵 피아노와 미술, 태권도를 함께 가르치는 대형 학원들이 생겨나고 교습소 운영이 어려워지기 시작했다. 교습소 원생들이 눈에 띄게 줄어드는 것을 알고는 있었지만 나는 교습소가 사라질 것이라는 생각은 상상으로도 한 적이 없었다. 선생님은 언제나 한

결같이 밝고 상냥했다.

그래서 몰랐다. 영등포 지하상가를 거닐며 선생님의 옷을 고르던 그날이 우리의 마지막 날이 될 줄. 우리에게 이별이 그렇게 기별 없이 찾아올 줄 미처 알지 못했다. 그날 나는 평소보다 말이 많았고 선생님은 평소보다 더 많이 웃었다. 교습소를 나와 중앙시장 앞을 지나 아침의 영광이라는 대형 문구점 앞 포장마차에서 호떡을 사 먹었다. 영등포역 알림판이 기린처럼 고개를 늘어뜨리고 서 있는 지하상가 입구에 도착해 호떡을 싸고 있던 종이를 주머니에 넣고 선생님을 따라 상가가 즐비한 지하도를 걸었다.

옷가게 앞에 도착한 선생님은 막상 옷에는 아무 관심이 없어 보였다. 맞선 보는 날 입고 나갈 옷을 사야 한다고 했는데 어째 내 눈에는 옷이 필요한 사람처럼 보이지 않았다. 결국 아무 옷도 고르지 않고 우린 왔던 길을 되돌아 왔다. 교습소로 되돌아오는 길에 선생님은 옛날이야기를 하나 들려주었다.

이야기 속에는 두 남녀가 등장했고, 이름은 '그냥 아는 사람들'이었고, 그 둘은 서로 많이 좋아했다. 그런데 둘은 헤어졌고 이유는 아주 가난해서란다. 우리 엄마 아빠는 돈 때문에 매일 싸워도 절대 헤어지지 않았는데 선생님의 '그냥 아는 사람들'은 이상한 사람들이었다. 아니면 우리 부모님은 서로 별로 좋아하지 않아서 그냥 사는 것일까? 뭐 잠시 그런 생각을 했던 것도 같다.

혹시 선생님이 옷을 고르지 못한 이유가 오랫동안 혼자 지낸 이유와 같았던 것은 아닐까, 이야기 속 여자주인공이 혹시 내가 아는 누군가가 아니었을까.

무심코 주머니에 손을 넣었는데 남아 있던 호떡 꿀이 손가락 끝에 달라붙었다. 나는 눈치 없는 아이처럼 투덜거리며 꿀이 묻은 손가락을 선생님에게 내밀었다. 선생님은 휴대용 휴지를 꺼내 내 손을 닦아주었다.

우리의 마지막 날 풍경이다.

사실 고등학생이 된 후 교습소에 자주 들르지 못했다. 공부하느라 바빠서가 아니라 나에게 다른 관심사들이 많이 늘어났기 때문이다. 피아노 교습소가 있던 단층집 철거만이 우리의 이별의 이유는 아니었다. 내가 교습소에 관심이 없어지면서부터 이별은 시작되고 있었는지 모른다.

늘 같은 자리에서 그런 변화들을 느끼며 피아노 건반을 두드렸을 선생님을 생각하면 마음이 해 질 녘 하늘이 된다. 선생님과 마지막 통화를 하던 날에도 나는 친구 전화를 기다리느라 대충 교습소로 놀러 가겠다고 말한 뒤 끊었던 것 같다. 통화 대기가 되는 휴대전화가 있었더라면 선생님과 지금까지 안부를 물으며 함께 늙어갔을까.

양
화
대
교

story
15

숲을 거닐 때는 나무만 보이고 사랑에 빠졌을 때는 임의 눈동자
만 보인다고 했다. 그래서일까, 그 다리를 건널 땐 사물이 보인다
기보다 어떤 심정만 느껴졌다. 간혹 교각 아래로 흐르는 강을 바
라보긴 했지만, 그 눈길에도 어떤 심정이 담겨 강은 그냥 강이기
만 했더랬다.

고등학교 입학 후 첫 시험 성적이 나왔다. 나의 반 석차는 무려
48등. 49명 정원에 시험 날 결석한 친구가 뒤를 지켜준 덕에 간신
히 꼴등을 면했지만, 교실 뒤에 떡하니 등수가 공개되는 바람에
사실상 그냥 꼴등이나 다름없었다. 고등학교도 남들과 달리 어렵
게 진학한 나였기에 꼴등이 생소한 등수는 아니었지만 남들에게

널리 알리고 싶을 만큼 대범한 성격의 소유자는 아니었다. 창피하기도 하고 불안하기도 했다.

꼴등 아닌 꼴등을 하던 날, 대방동에 있는 학교에서 양화대교까지 무작정 걸었다. 영등포 로터리를 지나 중앙시장과 경원극장을 거쳐 당산철교 교각에서 한 번 쉬고 다시 양평동을 향해 걸었다.

양화대교.

다리에 도착하면 무작정 일직선으로 걷기 시작한다. 수업시간에 열심히 자고, 쉬는 시간에 잠깐 쉬고, 남다르게 좋은 체력으로 양화대교를 걸었다. 마음이 복잡했다. 아마 그날이 대학 진학을 포기하고 직업학교에 다녀야겠다고 결심했던 날인 것 같다.

처음 서울에 왔을 때 아파트도 신기했고 지하철도 신기했다. 부모님 직업과 텔레비전 소유 여부를 묻는 가정통신문도 신기했고 아파트 사는 아이들끼리 노는 것도 신기했다. 무엇보다 한강이 제일 신기했다.

늦은 점심을 먹으며 라디오를 듣는데 〈양화대교〉라는 제목의 노래가 흘러나왔다.

……

그때는 나 어릴 때는

아무것도 몰랐네
그 다리 위를 건너가는 기분을
어디시냐고 어디냐고
여쭤보면 아버지는 항상
양화대교, 양화대교
이제 나는 서 있네 그 다리 위에

두 살 터울 언니가 마지막 남은 계란프라이를 먹어버린다. 곁에
있던 동생이 어제 운동회에서 자신이 몇 등으로 달리기를 완주했
는지 더듬거리며 자랑한다. 진즉에 식사를 마친 아버지는 내가 타
주는 커피를 기다리며 이쑤시개를 물고 있다. 엄마는 도매상에서
받아온 천도복숭아의 곪은 부위를 베어낸다. 그들의 얼굴에는 주
름도 없고 어떤 병마의 기색도 없다. 나보다 어린 그들이 낡은 밥
상에 앉아 함께 밥을 먹으며 이 노래를 듣는다.

어린 날의 나를 기억하네
엄마 아빠 두 누나
나는 막둥이, 귀염둥이
그날의 나를 기억하네
기억하네

행복하자
우리 행복하자
아프지 말고 아프지 말고
행복하자 행복하자
아프지 말고 그래, 그래
-자이언티, 〈양화대교〉

나의 첫 조카는 제 엄마의 식성을 닮아 계란말이를 좋아하겠지.
어린 남동생은 언제나 쉼 없이 재잘대는 나 때문에 번번이 말할
기회를 놓쳤을지도. 단 걸 싫어하는 아버지가 어린 딸이 타주는
둘둘셋 비율의 커피를 좋아한 이유를, 자식들에게는 곯지 않은 과
일을 먹이고자 했던 엄마의 신념을 이제는 이해할까. 점심식사가
끝나고 노래가 멈춰도 이들이 내 곁에 있었으면 좋겠다. 이들이라
면 내가 어떤 마음으로 그 다리를 건너왔는지 말하지 않아도 알
아주겠지. 알아준다면, 제발 행복하자. 그래, 그래.

첫째 딸 이발소집

우리 가족은 영등포 중앙시장 근처 작은 연립으로 이사를 하게 되었다. 부모님에게는 '한국상회'라는 채소 도매상점이 생겼다. 언니와 내가 함께 쓰던 방에 오디오가 생겼다. 난 침대나 커튼보다 오디오가 더 좋았다. 오디오 덕분에 용돈을 모으는 끈기와 인내를 배웠으며 영국에 사는 프레디 머큐리의 목소리를 들을 수 있었다. 레드 제플린이 안내하는 천국의 계단을 보았으며 침을 꼴깍거리며 심야 라디오 디제이와 전화 연결을 하고 아트록의 정의에 대해 골몰했다.

엘피판을 친구 삼아 보냈던 시절, 나는 말수는 줄었지만 잘난 척은 늘었고 또래는 시시했지만 내가 '어려운 음악'을 듣노라 자랑

할 만한 친구는 필요했던 것 같다. 내가 팝송을 흥얼거리면 "무슨 노래야?" 형식적인 질문을 하는 아이에게 나는 아무도 궁금해하지 않는 대답을 늘어놓았다. 그리고 보면 나의 잘난 척에는 누군가의 관심을 끌고 싶어 하는 순진하고 외로운 의도가 담겨 있었는지도 모르겠다.

나와 같은 날 주번에 걸린 출석번호 1번인 유미에게도 나는 그런 자랑을 한참이나 늘어놓고 있었다. 교실의 모든 사물이 긴 그림자를 드리우고 있던 오후였다. 유미는 나에게 무슨 음악을 듣고 있는지 물었던 것 같고 나는 퀸, 이라고 쿨하게 답했던 것 같다. 퀸, 하고 발음하는 순간 입안에 짧게 휘파람이 돌았던 것 같다. '역시 퀸은 두루두루 멋지다니까.' 그렇게 속으로 생각했던 것 같은데…….. 기억을 문장으로 다듬는 일을 허세 없이 담백하게 해내기란 얼마나 어려운 일인가.

유미는 헌책방 거리 끝에 있던 이발소집 첫째 딸이다. 키가 작고 통통한 체격에 여드름이 많아 고민이라고 말할 때 여드름도 함께 부끄러운지 볼이 붉게 달아올랐다. 유미는 출석부 번호와 전교 등수가 같은 아이였다. 나 같은 열등생은 바라보기도 까마득한 우등생이었다. 급할 때 가슴을 쥐고 달리는 버릇 외에 눈에 띄는 특징이 없는 이 아이에 대해 난 상당히 많은 것을 기억하고 있다. 이유는 하나다.

유미는 내색하지 않았지만 나에게 호감이 많은 친구였다. 내 눈치의 정확도는 장담하지 못하겠다. 유미가 나를 좋아하는 이유가 남자 같은 나의 외모 때문이었는지, 꼴등을 밥 먹듯이 하면서도 유머를 잃지 않는 태평함 때문이었는지, 점심시간에 아무 무리에나 붙어 도시락을 까먹던 나의 넉살 때문이었는지, 잘 모르겠다.

내가 퀸을 알려주었던 날로부터 얼마 지나지 않아 유미는 나에게 영어를 가르쳐주었다. 그때 알았다. 나같이 공부도 못하고 성격도 별로인 상춧집 막내딸은 상상도 못 할 만큼 유미란 아이는 속내가 깊은 이발소집 첫째 딸이었다는 사실을.

최신식 기계가 없던 유미네 집 이발소는 목재로 만든 낡은 이층 건물 아래층에 자리 잡고 있었다. 이발소 안을 가로질러 나무계단을 밟고 올라가면 유미와 유미의 남동생이 함께 머무는 방이 있다. 앉은뱅이책상 두 개가 낮은 삼각 지붕 아래 다정하게 놓여 있었고 유미 얼굴보다 클까 말까 한 창문으로 유미가 중고 참고서를 사던 영등포 헌책방 거리가 액자 속 그림처럼 걸려 있었다.

우리가 앉은뱅이책상에 앉아 영어 공부를 하던 시간은 그리 길지 않았지만 나는 보리수 아래 석가마냥 많은 것을 깨달았다. 공부를 잘하는 유미에게는 그만의 체계적인 학습방법이 있다는 것. 그리고 마음씨도 곱고 공부도 잘하는 그 아이는 남에게 인내심을 갖고 공부하는 법을 알려주는 능력까지 있다는 것을. 반대로 공부를 못하는 나에게는 무식을 인정하는 것을 부끄러운 일로 여기는 이상한 자존심이 있었고, 공부도 못하고 이상한 자존심만 있던 나는 계속 공부를 못하는 쪽이 마음 편하다는 것을…….

유미는 나의 자존심을 지켜주면서 계속 함께 공부할 길을 찾았던 것 같다. 하지만 나는 어영부영 약속을 어겼다. 시간이 엘피판처럼 빙그르르 돌아서 우리가 나란히 앉아 이어폰으로 음악을 듣던 어느 오후에 맞춰졌으면 좋겠다. 내가 좋아하는 음악이 흐르고. 나에게 그 음악은 "Any way the wind blows doesn't really matter to me, to me"로 들리고 유미에게 그 음악은 "바람이 어느 쪽에서 불어오든 정말로 나에게는 중요치 않아. 나에게는……"이라고 들린다.

나는 어째서 내가 좋아하는 노래에 담긴 의미가 궁금하지 않았을까? 유미는 친구가 좋아하던 노래가 궁금했고 그 노래의 의미가 궁금했던 것 같은데.

나는 팝송백과사전에서 대충 한글로 적힌 가사를 읊조리며 또래 아이들이 시시하다고 생각하며 지냈다. 유미가 알려주지 않았다면 퀸의 명곡이 무슨 뜻인지 몰랐을 것이다.

집을 나서기 전, 나는 엄마에게 "두 마리야, 한 마리야?" 하고 물었다.

"오늘은 한 마리만 해."

콜라도 사 오냐고 물었겠지. 아마 그랬을 확률이 높다. 치킨에 맥주를 먹기엔 우리 삼남매는 너무 어렸으니까.

영등포 조광시장 안쪽으로 음료수 도매상 골목이 있고 조광목욕탕 앞에 닭집이 있었는데 아마 내가 맥주에 치킨을 먹을 무렵 영영 문을 닫았던 것으로 기억한다. 닭집에서는 닭들이 흘린 피와 똥 때문인지 아니면 잘라낸 닭 머리가 썩어서인지 형용하기 힘든 지독한 냄새가 났다. 코를 틀어막고 싶었지만 아무리 내가 되바라진 꼬마라도 그건 예의가 아닌 것 같아서 후각이 둔해질 때까지 인내를 갖고 버텼다.

내가 가게로 들어서자 닭들은 자기의 운명을 예감했는지 후꼬곡 후꼬곡, 하며 곡을 하기 시작했다. "통닭 한 마리 주세요." 내가 큰 소리로 말하면 불친절한 닭집 아저씨는 고개만 까딱할 뿐 웃는 법이 없었다. 닭들이 자꾸 죽어 나가는 것이 슬퍼서 그런가 생각 한 적도 있었다. 아저씨가 닭장에서 기름에 튀길 닭을 고를 때 나 는 입구에 있는 가짜 가죽의자에 앉아 기다렸다. 닭집 맞은편으로 간이천막이 있었고 그곳에서 시장상인들이 사용하는 전대와 작 업복을 수선하는 노점수선집이 있었다. 나는 먹을 수 없는 닭이 먹을 수 있는 닭이 될 때까지 가짜 가죽의자에 앉아 돌아가는 미 싱을 바라봤다. 입으로 실밥을 뜯어내는 노점수선집 아주머니를 신기하게 바라보며 닭들의 비명을 무시했다.

그런데 그날 그 닭은 왜 무정한 꼬마 앞에 피를 철철 흘리며 나타 났을까? 닭은 어느 부위를 찔렸는지 정확하게 모르겠지만 가슴께 어디쯤에서 피를 흘리며 미친 듯이 가게 안을 돌고 있었다. 닭장 에서 꺼낸 닭을 통나무 도마 위에 올려 날개를 잡고 칼을 내리쳤 는데 닭이 아저씨 손아귀를 벗어나 죽기 일보 직전 마지막 비행 을 한 것이었다. 하지만 재빠른 아저씨의 손놀림에 마지막 저공비 행은 짧게 끝이 났다. 놀란 나는 고개를 숙여 땅을 바라봤다. 요란한 소리를 내며 돌고 있는 미싱과 방금 죽은 닭이 흘린 피 그리고 가죽의자 밑으로 흐르는 빨간 물줄기.

튀겨진 닭이 담긴 비닐봉지를 들고 가게 문을 나섰다. 방금까지 피를 흘리며 버둥대던 닭이 내 손 안에서 뜨거운 김을 내며 잠들어 있다고 생각하니 기분이 오싹했다. 기분은 오싹하는데 혀 밑은 왜 뻐근할까 생각하며 시장 안 골목을 벗어나 집으로 왔다.

영등포에 오기 전 우리 가족은 작은 오락실 뒷방에 살았다. 엄마가 식사 준비를 하러 오락실 계산대를 비울 때면 나나 동생이 앉아 사람들에게 동전을 바꿔줬다. 식사 준비를 마친 엄마와 교대하기 위해 자리에서 일어서려는데 사람들이 교회 앞 개천가로 뛰어가는 모습이 보였다. 허기를 잊고 나도 뛰었다. 개천가에는 뿌리를 드러내고 죽어가는 나무들이 즐비했다. 그중 제일 많이 썩은 나무에 빨랫줄을 목에 감고 죽은 시체가 발견됐다.

화창한 초여름, 하늘은 크레파스 하늘색이었고 죽은 사람의 혀는 검었다. 녹슨 철대문 색처럼 검었다. 썩은 나무에 목을 감으며 누군가 말려주기를 바라지는 않았을까. 나뭇가지가 끊어지길 바라거나 자신의 혀가 녹슬지 않기를 바라지는 않았을까. 모여든 어른들 사이로 죽은 사람이 보이고 난 잊었던 허기를 다시 느꼈다.

나는 다시 오락실로 달려갔다. 그날도 점심을 먹고 저녁을 먹었겠지. 콜라에 치킨을 먹었을 때처럼. 아침이 오기를 바라지 않았던 날에도 세 끼를 꼬박 챙겨 먹는 지금처럼.

어
려
운
숙
제

〰

A와 G는 친한 친구 사이다. 나는 두 친구와 같은 반이 아니다. 점심시간에 혼자 앉아 있던 등나무 의자에서 두 친구와 자주 스쳤고 자연스럽게 우리 셋은 통성명을 했다. 서로의 카세트 플레이어에 담긴 헤비메탈 음악에 관해 이야기를 나누다가 5교시 수업시간에 늦게 들어가기도 했다.

둘은 한 반 친구라서 그런지 나중에 알게 된 나보다 더 친했다. 하지만 둘의 배려 덕분에 셋이 있을 때 나는 어떤 소외감도 느끼지 못했다. 두 친구에게는 모두 록과 헤비메탈 음악에 정통한 나이 많은 언니 오빠가 있었다. 둘은 아마 음악 이야기를 나누다 친해진 것 같았다.

공통 관심사에 가끔 수업시간 몇 분쯤은 우습게 넘겨버리는 대범함까지 더해져 우린 제법 친한 사이가 되었다. 하지만 나에겐 말 못 할 고민이 생겨버렸다.

내게는 남들이 다 아는 절친한 친구가 있었다. 여고 시절을 생각하면 눈물이 찔끔 날만큼 우스운 일투성이다. 그중 교우관계가 가장 유치하고 별스럽고 어렵고 힘들었다. 절친한 나의 친구는 고등학교 들어와 처음 만난 친구였고, 두 해 연속 같은 반에서 함께 도시락을 까먹는 사이였다. 누가 봐도 친한 친구였는데 내 마음은 자꾸 등나무 의자에서 만난 두 친구에게 더 쏠리고 있었던 거다. 미안한 것이 많은 사람에게 "사람은 참 착한데……" 하며 말끝을 흐리게 된다는 사실, 나도 누군가에게 착한데 마음은 안 가는 그런 사람이 된 적이 있을 텐데도 이 말을 습관적으로 쓰게 된다. 참 착한 친구였는데…… 우린 서로 너무 달랐다. 고전음악을 전공하기 위해 어릴 때부터 바이올린 레슨을 받아오던 나의 친구는 내가 듣는 시끄러운 음악에 통 관심이 없었다. 나도 그 친구와 친한 바흐와 헨델에게 눈길이 가지 않았다. 음악 말고도 우린 맞는 게 별로 없었다. 내가 좋아하는 책을 그 친구는 따분하게 생각했다. 그 친구네 드넓은 정원과 친구 엄마보다 자주 뵙는 가정부 아줌마가 내 눈엔 한없이 낯설었다.

A와 G처럼 우리는 잘 통하는 사이가 아니었다. 그들은 서로 좋아

하는 도시락 반찬을 알고 있었고 방과 후 영등포에 새로 생긴 패스트푸드점에서 햄버거를 사 먹으며 여느 여고생처럼 잘 웃는 사이였다.

나에겐 좋아하는 마음을 감추는 게 오줌을 참는 것만큼이나 어려운 일이다. 점점 다른 반 두 친구와 함께 보내는 시간이 늘어갔고 학교 밖에서 만나는 일도 잦아졌다. 조강지처를 두고 바람을 피우는 남편도 아닌데 나는 나의 절친한 친구에게 거짓말이 늘어갔다. 나는 왜 거짓말을 했을까?

레슨 없는 날에는 나와 놀고 싶어 하던 친구에게 거짓말을 둘러대고 두 친구가 기다리고 있는 곳으로 갔다. 종로에 있는 단성사, 아트시네마를 돌며 그들과 영화를 봤다. 영등포 지하상가 음반가게에 들르기도 했다. 당시 단돈 3,000원과 좋아하는 음악 리스트를 주면 공테이프에 녹음해주는 상품이 유행하고 있었다.

우리 셋은 영등포 문구점 앞에서 만나서 지하상가 음반가게에 들러 갖고 싶던 녹음테이프를 완성하고 난 다음 햄버거를 먹으며 수다를 떨다가 헤어졌다. 학교에서는 서로 데면데면 지내다가 학교 밖에서는 머리를 모으고 어떤 연주자의 기타 솜씨를 칭찬하거나 여기저기 종종거리며 놀러 다녔다.

이상한 관계는 오래가지 못했다. 결국 가운데 낀 내가 지쳐버린 것이다. 셋에게 모두 미안해지면서 동시에 피곤해졌다. 의리를 택하지도 못했고 나의 감정에 충실하지도 못한 상태에서 세 친구 모두와 흐지부지한 사이가 되어버렸다. 나는 누구에게 무엇을 어떻게 미안해할지 몰라 그 누구에게도 아무 말 하지 않았다.

우린 3학년이 되었다. 한 명은 명문음대를 가기 위해 레슨을 받으러 다녔고 다른 둘은 같은 대학 건축과를 목표로 과외를 받았다. 나는 문과에서 직업반으로 반을 옮겼다. 대학을 포기한 나와 명문대 진학을 앞둔 세 친구는 이렇게 각자의 길로 갔고 졸업식 날 가볍게 손인사만 나누며 영등포여자고등학교를 떠났다.

모두 어떻게 지내는지 모르겠다. 나는 직업학교로 수업을 받으러 다니느라 너희들과 자주 마주치지 못했는데. 그때는 복도에서 마주치는 것도 어쩐지 어색하기만 했는데 지금은 그게 너무 유치하고 우습다. 우리 넷 묘하게 유치하고 허세도 심했는데. 그런데 딱 하나 유치하지도 마냥 우습지도 않은 게 있어. 내가 덜 미안한 친구로 남을 수 있도록 살짝 눈감아준 너희들의 배려심. 콤플렉스 때문에 자꾸 찌그러지는 나를 아무렇지 않게 바라봐주고 거짓말인 줄 알았을 텐데 대충 넘어가주고……. 지금 생각하면 내가 제일 유치해. 이것저것 따지는 것도 많고 가리는 것도 많고, 우유부단하고 욕심도 많았지. 관계 안에서 내가 어떤 사람으로 비치느냐가 몹시도 중요했었나 봐. 누구에게도 상처 주기 싫다는 이유로 아무도 행복하지 못했던.

나와 미술 공부를 함께하는 10대 친구들을 보면 그때 우리가 생각나. 나는 요즘 아이들은 대학문제나 외모 혹은 돈 뭐 이런 것들 때문에 괴로워하는 줄 알았는데 아니더라. 신기하게도 옛날 우리처럼 친구 때문에 울고 웃더라고. 내가 아는 어떤 분이 딸아이가 친구 때문에 너무 괴로워한다고 그러기에 사연을 자세히 들어보니 그때 우리와 비슷한 문제로 괴로워하고 있었어. 내가 하도 심각하게 들으니까 그분이 애들 유치한 얘기를 뭘 그리 유심히 듣느냐며 도리어 핀잔을 주더라.

가족과는 다르게 친구는 스스로 선택하고 누군가에게 선택받는 가장 최초의 관계라고 생각해. 누군가의 마음에 들기 위해 애쓰기도 하고 뜻대로 되지 않아 힘들기도 하고 공평하지도 않지. 서로 달라 신선하기도 하고 괴롭기도 하고 뜻하지 않은 순간에 경쟁을 하기도 하고 대놓고 시기 질투를 하기엔 왠지 미안해지지.

남들은 나이가 들면 좀 둥글어지고 느슨해지기도 한다는데 나는 아직도 뾰족한 모서리로 누군가를 찌르기도 하고 내가 찔리기도 하면서 산다. 사람은 관계를 통해 진화한다는데 아무래도 난 진화가 덜 됐거나 삼각형 모양으로 진화했는지도 모르겠어. 국지성 호우가 내렸다가 다시 뜨거운 태양이 얼굴을 내미는 여름이다.

모두 잘 지내지?

흙
집

story
19

아무도 없었다.

학교에서 돌아와 초록 대문을 열고 대문 옆 화장실 손잡이에 바람돌이가 그려진 실내화 주머니를 건 뒤 문을 반쯤 닫고 가방을 등에 멘 채 쭈그려 앉아 오줌을 눴다. 요의가 사라지고 콕콕 쑤시던 아랫배가 잠잠해졌다. 손으로 턱을 괴고 앉아 남은 오줌 한 방울을 쥐어짜고 있는데 화장실 담으로 새끼 쥐가 주둥이를 내밀다 말고 도망쳤다.

아이 씨 -. 저놈의 쥐를 오늘도 보는구나 싶어 기분이 나빠졌다. 하도 자주 만나 무섭기보다는 징글맞고 더러웠다.

속옷을 대충 구겨 입고 화장실 문을 닫았다. 나는 그때까지 방 안에 화장실이 있는 집에 살아보기는커녕 구경도 못 해봤다. 우리 다섯 식구는 예전 셋방보다 큰 집으로 이사를 왔지만 하나도 기쁘지 않았다. 식구들에게 일일이 물어보지 않았지만 나는 알 수 있었다. 영등포 흙집을 보는 순간, 사람은 다섯이었지만 표정은 하나였으니.

흙집은 남동생이 콧김만 불어도 흙이 사방으로 흩날릴 만큼 낡아 있었다. 전에 여기 사람이 살았다는 것도 신기했지만, 우리가 앞으로 살아가야 한다는 사실이 더 신기했다. 집에 비해 너무 큰 마당과 동선이 제대로 나오지 않는 부엌 그리고 나무판자를 잇대어 만든 마루를 사이에 두고 양쪽에 안방과 건넛방이 있었다. 방이 두 개가 전부였다면 차라리 나았을지 모른다. 건넛방 옆에 있는 미닫이 나무문을 열면 작은 창고가 나왔다. 성인 남자 한 명이 겨우 다리 뻗고 누울 만한 공간이다. 이 작은 공간을 두고 우리 삼남매의 동상이몽이 시작됐다. 이제 다락방이 아닌 어엿한 내 방이 생기는구나, 하며 들뜬 나의 언니와 누나들 사이에 끼어 자기 싫었던 남동생 그리고 독방이 갖고 싶었던 나.

지금도 그렇지만 그때는 더 총기가 총총했던 엄마가 우리의 고민을 깨끗하게 털어주는 결정을 내렸다. 바로 옆집에 사는 사촌오빠에게 방을 내어주기로 한 것이다. 기가 꽉 막힐 정도로 현명한 판단이 아닐 수 없었다.

우린 '저 방을 갖고 싶어요'라는 말 한마디 입 밖으로 꺼내보지 못한 채 고등학교에 다니는 사촌오빠에게 순순히 넘겨주었다. 토를 달기엔 엄마가 무서웠고, 그냥 넘어가기엔 속이 더부룩했다.

나는 가방을 마루에 던지고 팔다리를 쭉 뻗고 눕는다. 어린 나는 흙집 나무마루에 누워 장독대를 바라보는 것을 좋아했다. 햇빛에 번들거리는 장독들을 보거나 옆집 사람들이 웅성대는 소리를 듣는 것도 좋았지만, 무엇보다 장독대 곁에는 쥐들이 출몰하지 않아서 좋았다.

흙집의 구조는 옛 한옥과 비슷하다. 시멘트나 벽돌 대신 벌건 황토를 뭉쳐 새끼줄에 엮어 벽을 만들고 빨간 나무기둥으로 천장 틀을 만들었다.

언젠가 '옛 한옥에서 운치 있게 살기'라는 인테리어 기사를 보고 한옥이 운치 있으려면 얼마나 많은 비용이 드는지 머릿속으로 셈을 한 적이 있다. 건축자재 비용을 계산한 것이 아니다. 운치에 드는 정성과 노력 그리고 포기와 불편, 기타 등등……

비가 오면 처마와 잇댄 슬레이트 지붕 사이의 틈으로 빗물이 줄줄 샜다. 지대가 낮아 장마 때면 마당의 고무대야가 저 혼자 둥둥 항해를 하고 갈라진 벽 사이로 비가 들이쳤다.

부엌은 초라한 세간에 걸맞게 작고 음침했다. 쥐들이 제일 좋아하는 곳이며 나랑 언니가 제일 싫어하는 곳이기도 했다. 석유곤로에

씻은 쌀을 올려놓고 잠시 잠깐 한눈이라도 팔라치면 냄비에 밥이 눌어버린다. 운이 좋으면 고소한 누룽지가 되지만 반대의 경우엔 밥알이 냄비에 들러붙어 설거지하는 사람 손목을 시큰하게 만들었다.

우리 삼남매는 흙집을 돌며 집안일을 했다. 우리가 이렇게 동분서주하는 동안 부모님은 시장에서 짐을 날랐다. 우리 다섯 식구가 열심히 하루하루를 살아냈던 이유는 단 하나뿐이다. 흙집을 탈출하기 위해서다. 빗물에 벽이 쓸려 내리고 볕이 들지 않는 방구석에는 요란한 색색 곰팡이가 피었다.

요의를 해결하고 마룻바닥에 누워 장독대 쪽을 바라보던 나. 갑자기 담임선생님의 말이 떠올랐다. "너 같은 아이는 접싯물에 코를 박아야 해." 공부도 못하고 집도 가난한 성렬이가 뒷자리 아이와 떠들다 걸린 것이다. 같이 떠들었는데 성렬이만 접싯물에 코를 박아야 하는 아이가 된 것이다.

내가 기억하는 그 선생님은 교사라는 직분에 걸맞지 않은 사람이었다. "접싯물에 코를 박으면 죽는 거야, 알기나 해?" 선생님은 성렬이를 향해 그렇게 소리를 질렀다. 성렬이만큼 가난하고 공부도 못했던 나에게 그 말은 커다란 공포로 다가왔다.

나는 부엌에서 접시를 갖고 왔다. 접시에 물을 담아와 마루 끝에 걸터앉았다. 물이 담긴 접시에 코를 댔다. 아무리 기다려도 난 살아 있기만 했다. 가난하고 공부도 못하는 아이로 사느니 차라리 선생님이 알려준 방법을 써 보는 게 어떨까 생각했던 것 같다. 죽음을 체험하고 싶었던 어린 나, 슬레이트 처마 사이로 쏟아지는 햇빛을 머리에 이고 접싯물에 코를 박고 앉았다. 어디선가 나타난 커다란 쥐가 마당 수챗구멍으로 사라졌다. 아이 씨 - 우리 엄마 아빠는 점점 말라가는데 너는 살이 통통하게 올랐구나, 기분 나쁜 쥐마왕 같으니라고.

흙집을 떠나던 날 우리 다섯 식구는 새집에는 어울리지 않는 세간을 보자기에 싸서 그곳을 떠났다. 이사가 아니라 탈출이었다. 흙집이 우리 다섯 식구를 덮치기 전에 벗어나야 했다.

우리는 작은 연립으로 이사를 했다. 언니와 나는 각자의 방을 갖지 못했지만 그런대로 만족했다. 침대와 책상이 있는 근사한 방을 갖게 되었다. 동생은 혼자 방을 쓰게 되었고 거실엔 커다란 티브이가 놓였다. 5인용 식탁을 놓기에는 좁은 부엌이었지만 쥐새끼들이 없어 좋았다. 베란다에 장독이 즐비했지만 채광이 좋지 않아 반들반들 윤이 나지 않았다. 엄마는 고추를 말리기 위해 주차장으로 가야 했고 아버지는 작은 중고 트럭을 갖게 되었다. 흙더미가 우리를 위협하지 않았고 쥐나 바퀴벌레도 보이지 않았다. 하지만 부모님은 작은 상회를 갖기 위해 예전보다 더 분주하게 달렸다.

작은 상회를 갖게 된 뒤에는 평수가 넓은 아파트로 이사하기 위해 다시 또 새벽을 달렸다.

우리 가족이 흙집을 떠나올 때, 가난은 우릴 따라오지 않았나 보다. 흙집을 떠나온 뒤, 우리 집 평수는 점점 넓어졌고 냉장고 용량도 커져갔으니 말이다. 집 평수와 행복의 크기가 비례했냐고 누군가 물어온다면 아니라고 말하긴 힘들 것 같다. 물질의 풍요가 주는 안락함을 무시하기 힘들기 때문이다. 그때 그 시절로 돌아가 하루 두 시간 쪽잠을 자는 부모님에게 '덜 먹고 덜 쓰더라도 흙집에 살 때가 좋았다'라고 말할 수는 없을 것 같다.

건널목 하나를 건너면 예전에 살던 흙집이 있었지만 나는 그곳에 잘 가지 않았다. 어쩌다 지나치게 되더라도 초록 대문 방향으로는 눈길도 주지 않았다. 가끔 거실 바닥에 등을 대고 누워 예전 흙집 마루의 감촉을 떠올려보았지만 기억나지 않았다. 가난했던 우리 다섯 식구를 품어준 유일한 집이자 동시에 필사적으로 벗어나고 싶어 했던 굴레 같았던 영등포 흙집.

그 집에서 유일하게 좋아했던 장독대 곁에 나의 일기장을 묻어 두고 왔는데 지금쯤 흔적 없이 썩었을지도 모르겠다.

군
인
아
저
씨
께

story
20

불판 위에 놓인 고기를 굽다가 널 닮은(신기하게도!) 아내와 아이를 보며 '우리가 가족이구나' 생각했을 너를, 나도 보았더라면 좋았을 텐데. 그 자리에 숟가락 하나 얹어도 인심 좋은 너는 그저 '허허' 웃었을 텐데. 옛 친구가 고기 몇 점 집어 먹는다고 타박할 사람이 아닌데 괜히 내가 미안해서 그래. 언제나 네가 먼저 전화하게 만들고…….

서로 풀빵처럼 닮은 가족이 식당 테이블에 둘러앉아 음식을 나눠 먹는 풍경을 볼 때가 있어. 진기한 광경도 아닌데 가끔은 먼 나라의 바다처럼 너울거리며 나의 시야로 가득 들어올 때가 있어. 20년 전에 닭갈비와 소주를 나눠 먹으며 네가 던진 농담을 진지하게 받아들였다면 우린 지금쯤 된장국이나 미역국을 나눠 먹고 있을까? 식은 풀빵처럼 쭈글쭈글 사이좋게 늙어갔을까?

군인이 되고 싶다고 말했던 그 날부터 넌 아주 정확한 보폭으로 너의 계획을 실천했어. 자꾸만 자신을 '못 배운 놈'이라고 말했지만 넌 진심으로 자신을 비하하거나 세상을 탓하지 않았어. 나에게 넌 단 한 번도 못난 놈인 적이 없었다는 사실을 너는 알고 있을지. 그런 사람이 나의 친구라는 게 나는 좋았어. 네가 붙임성 없고 과묵한 여자와 결혼했다는 말을 들었을 때, 누구에게나 친절한 목사 아버지보다 단골에게만 친절하다는 모모다방 미세스 리로 사는 엄마가 더 좋다고 말했을 때, 난 네가 좋았어.

사실 네가 좋았던 순간을 꼽으려면 열 손가락을 몇 번이나 접었다가 펴도 부족할 거야. 직업학교에서 너를 처음 만나던 날이 기억나. 덩치가 산만 한 녀석이 어울리지 않게 뽀빠이 바지를 입고 서서 무섭게 나를 노려보던 모습. 원래 네 눈빛이 그렇다는 것을 알기까지 난 계속 네가 날 많이 싫어하는구나 생각했지.

문짝만 한 그림판을 옮길 때, 다른 남자아이들은 예쁜 여자애들 것만 들어주는데 너는 키가 작고 힘이 없는 아이들 그림판을 번쩍 들어줬어. 알고 있었니? 우리 반에서 키가 가장 작고 만화 그리기를 좋아했던 애가 너 많이 좋아했던 거.

직업학교를 졸업하고 내가 야간대학교에 합격했다고 했을 때 네가 술 사주며 기뻐했는데. 너는 기뻐하면서도 언뜻 쓸쓸한 눈빛으로 날 바라봤어. 자격증을 따러 온 직업학교에서 다들 내신 올려 대학 진학하는 진풍경이 넌 익숙하지 않았지. 나도 너처럼 대학 진학에 별다른 뜻이 없었는데…… 화실 다니며 조각가가 되고 싶어졌다고 말했지만 나 자신도 모르게 전문대 졸업장이라도 갖고 있어야 사는 게 좀 수월할까 생각했는지도 몰라. 남들 하는 거 나도 하고 싶었는지도.

나에게 넌 "매사에 생각이 너무 많다"고 말한 적이 있지. 너는 왜 그 말을 나에게 했을까? 생각이 많다는 게 사고가 깊다는 뜻인지, 상상이 과하다는 뜻인지, 예민하다는 뜻인지 고독하다는 뜻인지. 너를 수고스럽게 만들기 싫어서 그냥 듣기만 했는데, 묻고 싶었어. 나는 매사 생각이 많아서 풀빵이 되지 못한 것인지. 아니면 풀빵이 되기 싫어서 생각만 크게 부풀린 것인지.

군인은 나라를 지킨다는데 너도 나라를 지키고 있겠지. 무언가를 지켜내야 하는 일, 너무 힘들지 않아?

"넌 우리 와이프처럼 삼겹살을 두 점씩 싸서 먹지는 않겠구나."

내 어깨가 너무 작아졌다고 걱정하는 너에게 어깨가 작다고 삼겹살을 못 먹는 것은 아니라며 웃었지만 약기운 때문에 시야가 흐려졌어. 나의 건강을 걱정해줘서 고맙고, 지켜내야 할 것이 많은 너에게 든든한 친구가 되어주지 못해서 미안해.

친구야. 네 아내는 너를 홍보듯 자랑하며 많이 사랑하겠지. 내가 아는 많은 아내들은 남편을 그렇게 사랑하던데. 너같이 좋은 남자를 사랑하지 않기란 참 힘든 일이거든. 물론 사람 좋은 사람을 좋아하게 되는 행운도 쉽게 찾아오지 않지. 목회자인 아버지를 도와 무료 노인 요양원을 짓고 싶다고 말하던 너를 하마터면 껴안아줄 뻔했지. 남의 남자라 참은 거야. 너 같은 사람이 짓고 다듬은 곳이라면 나는 줄을 서서라도 들어가고 싶어.

내게 말해준 쓸쓸했던 너의 유년시절은 이제 어딘가에서 곤히 낮잠을 자고 있을 거야. 삼겹살을 두 개씩 겹쳐 쌈장을 곱게 얹고 있을 아내와 그 쌈이 제 입으로 오길 기다리다 그냥 익은 고기만 성급하게 집어 먹을 네 아이 그리고 너. 앞으로는 더 많이 웃으며 행복하길 바란다.

그럼. 내가 아는 유일한 군인 아저씨, 안녕.

아, 그리고 네가 "너희 집은 어디야?"라고 물었지. 우리 집은 영등포라고 그랬더니 한 번도 안 가본 동네라며 궁금하다고 했잖아. 그때 내가 뭐라고 답했는지 혹시 기억하니?

3부

다 시 , 영 등 포

벽
화

story
21

불을 끄는 순간 방은 온통 형광안료 특유의 색감들로 발광하고
있었다. 미치고 환장할 것 같은 안료의 색깔들은 내가 태어나 여
태껏 본 색 중 가장 천박했다. 동갑내기 사장은 방 한쪽 벽면에 걸
려 있는 자신의 그림을 보여주며 스포츠머리를 긁적거리기 시작
했다. 쑥스럽지만 자랑하고 싶었다는 듯 자신이 직접 그린 벗은
여자의 몸뚱이를 보여주었다. 그림 속 여자는 마네킹 재질처럼 딱
딱하고 차가운 살빛을 자랑하며 해변에 서서 부자연스러운 포즈
로 교태를 부리고 있었고, 이름 모를 괴기한 식물들은 엉뚱한 위
치에서 자라나고 있었다.

무가지 생활정보 신문에 실린 구인광고. 그림 전공자 환영, 벽화

제작, 월 150만 원 보장의 실체는 형광안료처럼 너무나도 눈부셨다. 그 찬연한 빛들을 바라보며 스물다섯 살 나의 청춘은 이대로 영영 빛을 잃는 것이 아닐까, 두렵고 막막한 마음에 그냥 내 눈을 찌르고 말겠다고 누군가를 협박하고 싶어졌다. 성당이나 젊음의 거리가 아닌 싸구려 모텔에도 벽화를 감상하는 사람들이 있다니, 예술의 폭넓은 쓰임새에 그저 감탄할 뿐이었다.

사장이라 불리고 싶은 사내는 둘이 먹다 하나가 죽어도 모른다는 순댓국을 사주며 형광안료의 단가와 나의 수습기간 월급에 대해 진지하게 운을 떼우기 시작했다. 나는 미끈거리는 음식점 숟가락을 슬쩍 내려놓으며 "벽화라고 했잖아요?"라고 묻고 싶었다. 하지만 "네가 미켈란젤로냐?"라고 되물어올 것만 같아 그냥 조용히 나의 무지를 비웃으며 처음 먹는 순댓국을 이리저리 휘젓고만 있었다. 진심으로 순댓국을 먹다 죽는 쪽이 내가 되었으면 했다. 맛없는 순댓국도 형광안료로 그린 벽화도 영영 보고 싶지 않았다. 하지만 내 바람과는 달리 나는 회사가 문을 닫는 날까지 열심히 형광안료를 섞고 인공바람이 나오는 기계 구멍이 막히지 않도록 주의를 기울였다. 정시에 출근해서 야근도 불사하며 열심히 일했다. 돈이 필요했다. 내 손으로 돈을 벌어 외국으로 나가 그림 공부를 계속해보고 싶었다. 다른 일자리를 구할 때까지 조금만 버텨볼 요량이었다. 수습기간 3개월이 끝나자 회사는 기다렸다는 듯 도산

했고, 동갑내기 사장은 내 월급에 10만 원을 더 넣어서 내밀며 미안하다고 말했다.

인공바람과 형광안료로 그린 모텔 벽화는 빛이 없는 어둠 속에서만 그 형형한 자태가 드러나는 특수한 그림이다. 그런 이유로 벽화를 제작하는 작업실에는 빛 한 점 들지 않았고 작은 특수 형광등에 의존해서 그림을 그려야 했다. 빛이 있어야만 볼 수 있는 다른 벽화들과 달리 모텔 벽화는 빛이 없어야만 감상이 가능하다. 모텔 벽화는 어둠에서 태어나 스스로 발광하다 빛 속에서 사라진다.

석 달 동안 한 평 남짓한 작업실에서 나는 빛에 대해 생각했다. 으슥한 저녁이 오면 영등포 사창가 골목 사이로, 즐비하게 서 있던 이름 모를 여인들의 맨살 위로, 한겨울 구공탄에 불을 피우던 어느 여인의 창백한 눈가 위로 무수히 고여 있던 형광 불빛들. 모텔 벽화 속 형광 불빛과 내 기억 속에 고여 있던 불빛들은 어쩌면 하나일지도 모른다고 생각했다.

한 줌의 자연광도 없는 좁디좁은 형광 섬에서 나는 점점 말을 잃었다. 모텔 벽화의 형광안료들에 익숙해져 갈 때쯤 가난한 유학생이 되겠다는 나의 열망은 끓는점 밑으로 곤두박질쳤다. 간절히 원해도 가볍게 무시당하는 바람들은 일찌감치 멀리하는 것이 좋겠다고 생각했다. 물론 유학을 포기하는 것이 말처럼 쉽지만은 않았다. 2년밖에 못 한 대학 공부가 아쉬워 자주 술을 마셨다. 하지만

야간 전문대 졸업생인 내가 돈도 준비도 없이 유학을 떠나겠다는 포부는 처음부터 무모한 계획이었다. 조각가가 되고 싶었던 나의 꿈은 그냥 꿈으로 남았다. 수습기간 동안 짝짝이가 된 젖가슴의 위치를 수정하며 나에게 남은 소망이라고는 빛이 환하게 들어오는 작업실을 갖고 싶다는 것뿐이었다.

시간이 흘러 나는 중국집이 즐비한 Y동에서 228-5호를 찾아냈다. 사방에서 햇빛이 쏟아지던 날, 기름종이처럼 얇은 계약서에 사인을 했다. 달마다 5일이면 월세를 내야 하는 작은 방에 앉아, 나의 늙고 병든 고양이에게 '여기가 이제 우리 집이야' 그렇게 말하는 상상을 하며 웃었다.

형광 섬에서 나는 동그란 손잡이를 찾았다. 손잡이를 돌리자 228-5호로 가는 문이 열렸고 나는 슬쩍 발을 들여놓았다. 그 후로 나는 Y동의 다정한 풍경 속을 오래오래 걸을 수 있었다.

문

story
22

내가 어디냐고 물었을 때 넌 고향으로 가는 기차역이라고 말했어.
대학병원에서 수술 날짜를 잡고 마음이 어지러웠을 텐데 넌 언제
또 그런 거짓말을 준비했는지. 너의 가슴에 남아 있는 커다란 흉
터를 보기 전까지 난 네가, 어머니가 지어준 따뜻한 밥을 먹으며
고향집에서 편히 쉬고 있겠구나, 그렇게 여겼거든. 네가 어떤 상
황에서 괜찮다고 말하는지, 남들에게 괜찮아 보이기 위해 얼마나
많은 거짓말을 준비하는지, 정상과 비정상을 구분하는 데 몇 초가
걸리는지…… 시간이 한참 지난 후에야 알 수 있었지.

나에게 너와 같은 병명이 적힌 진단서가 생기고, 곧 너와 같은 부
위에 통증이 오고 또 너처럼 괜찮아 보이기 위해 거짓말을 준비

하게 되면서 알게 되었지. 날 때부터 나처럼 아팠을 너와, 너만큼 아파하며 늙어갈 나. 세상의 냉대 속에 홀로 있을 때면 난 네가 그리워. 너라면 나를 이해해주지 않을까 하는 마음에. 너에게 말하고 싶었어. 두서없이 아무렇게나 말이야.

병이 진행되면서 손아귀에 힘이 풀려 끈으로 붓과 손을 단단하게 동여매고 그림을 그렸어.

네가 그 그림들을 근사하다고 말해주었지. 잇몸이 녹아내리게 아팠을 때도 난 그림을 그렸어. 아무도 기다리지 않는 그림을 말이야. 너처럼 심장판막에 이상이 생기던 날에도 난 그림을 그렸어.

의사가 심각하게 내 상태를 설명하는 순간에도 나는 엉뚱한 생각만 하고 있었지. 철공소가 많은 영등포 문래동 골목 끝에 작은 목공소가 하나 있었는데, 나는 나무 톱밥이 바람에 날리는 냄새가 왠지 모르게 좋았어.

견고한 과정을 거쳐 태어난 물건답게 섬세한 위엄이 느껴졌지. 철공소가 많기로 유명한 영등포 대로변에 유일한 목공소였던 그곳에서 어린 나는 종종 날이 가는 줄도 모르고 물건들이 만들어지는 것을 구경했어. 나는 그중에서 나무문을 제일 신기하게 생각했어. 네모 반듯하고 단단해 보이는 문에 무늬를 새겨 넣는 과정이 참으로 신기했지.

의사가 심장판막에 이상이 생겼다며 알 수 없는 의학용어를 늘어놓는데 나는 그 나무문이 생각났어. 어릴 적 영등포 목공소에서 본 나무문과 네가 공사장에서 달고 다녔다는 나무문은 비슷한 모양으로 생겼을까? 내가 끓여준 떡국을 먹으며 너는 아파트 공사 현장에서 문을 다는 일이 조금씩 힘에 부친다고 말했지. 사람 몸에서 문 역할을 담당하는 판막이 고장 났다는 의사의 진단 때문이었을까. 네가 들려준 이야기 때문이었을까. 내 안에 무수히 많은 문이 있는데 밖으로 향하는 문은 단 하나도 없는 것 같았지.

너를 진료하던 의사가 수술 후 생길지 모를 후유증을 걱정하는데 너는 엉뚱하게 심장 뛰는 소리가 너무 크게 들린다고, 이것도 후유증이냐고 되물었다고 했지. 내가 아는 가장 슬픈 농담이야. 자신의 심장 뛰는 소리가 타인에게 소음으로 전해질까 두려워하는 너와 그런 너를 아끼는 나. 같은 길을 가야 하는 우리가 가장 믿기 힘든 농담이야.

10년을 병과 함께 지내며 나는 많이 변했어. 삐뚤삐뚤하고 제멋대로 서걱거리며 지내고 있어. 나보다 더 오래 아팠을 너는 몇 년이 지난 후에 만나도 한결같이 곱고 선한 눈매를 하고 있는데. 무거운 문을 달지 못하는 자신을 책망하며, 홀로 계신 노모의 집 낡은 벽지를 걱정하며, 자신보다 더 아픈 이들을 위해 세상 어디든지 갈 수 있는 무적의 목발을 만들겠다고 말하던 너.

내가 다시 너에게 어디냐고 물으면 넌 또 거짓말을 준비하겠지.

기차가 지나가지 않는 대학병원 로비에서 넌 또 준비된 거짓말을 할 거야. 그래서 우린 서로의 문 앞에서 서성이다 헤어진 걸까. 곰팡이 꽃이 피던 너의 방에서 함께 바라보던 형광별. 네가 나에게 말해준 장래희망. 우리에게도 남들처럼 장래가 있고 품어볼 희망이 남아 있다면 다시 만나자. 서로 어디냐고 묻지 않아도 되는 그런 곳에서 어떤 거짓말도 준비하지 말고. 아마 모르긴 몰라도 우리에게 그곳은 세상 둘도 없는 좋은 나라일 거야. 그때를 위해 마지막 인사는 남겨둘게.

"세상이 하루쯤은 완벽하게 음 소거가 되면 좋겠어요." 전축 공장에서 스피커 테스트를 하는 일로 20대를 고스란히 보냈다는 구로동 미스 김 언니는 지독한 애연가였다. 그리고 김 언니 곁에서 자판기 커피를 홀짝이며 (지금은 이름도 성도 기억나지 않는) 소녀처럼 웃던 사람. 엄마 배 속에서 자신은 살고 다른 형제는 죽은 채 세상에 나왔다는 그 소녀는 '만약 나였다면' 하는 피해의식으로 살아왔다고 했다.

나는 그들을 보며 소설 쓰기를 단념했다. 그림 그리는 일을 평생의 업으로 삼고 싶었지만, 세상은 내 바람 따위에는 별 관심이 없어 보였다. 막막한 마음에 문화센터 소설작법 수업을 등록했다.

그림을 그리면서 딱 한 번 팔아본 한눈이다.

어두운 호프집에서 차가운 맥주를 들이켜며 서른 명 남짓한 수강생은 서로 통성명을 했다. 이름과 생김새는 달랐지만 다들 등단이라는 같은 목표 지점을 바라보고 있었다. 전축 공장에 다니는 미스 김 언니와 쌍둥이 형제를 잃은 소녀는 그들 중에서 단연 돋보였다. 두 사람은 글재주도 좋았지만 평범한 사람들과는 다른 인생을 사는 것처럼 보였다. 뭐라 표현하기 힘든 아우라가 있었다. 작가라면 하나쯤 있어야 하는 영혼의 스크래치 혹은 인생의 딱지라고 해야 하나. 가난한 나의 어휘로는 설명하기 힘든 무엇이 그들에게 있었다.

내게는 없고 그들에게는 있는 형체 없는 그것이 나를 점점 괴롭게 만들었다. 굼벵이도 있다는 재주가 내게만 없었다. 부단히도 애를 썼지만, 그림도 글도 세상도 내게 내줄 자리는 없는 듯했다. 이야기를 만드는 사람으로 살기엔 나는 너무 뻔한 삶을 살아왔던 거다. 그렇다고 이제껏 살아온 평범한 인생을 다른 인생으로 바꿀 재주도 없었다.

그래서 포기했다. 포기에도 청결함의 정도가 있다면, 나는 최대한 깨끗하게 포기했다.

양평중학교와 양화중학교 사이, 두 학교 이름을 한 자씩 따서 지은 평화문방구에서 1,700원 하는 가요 테이프를 팔던 그해 여름, 내 꿈은 시인이었다.

첫 월경을 시작한 나는 '친구'라는 제목으로 시를 쓰고 있었다. 수업이 끝나기 직전 작문을 담당하던 담임선생님이 내가 쓴 시를 아이들에게 읽어주었다. 깊은 울림이 있는 선생님의 목소리를 타고 내가 쓴 글이 시가 되어 흘렀다. 퇴학당한 친구에게 미안한 마음을 담아 쓴 시였다. 남들이 모두 널 외면할 때 나도 외면했으니 난 친구도 아니다, 뭐 그런 내용이었는데 예상외로 반응이 좋았다. 나는 아이들의 시를 모두 모아 선생님을 따라 교무실로 갔다. 선생님은 나에게 나중에 대학에 진학하면 꼭 문학을 전공하라고 했다. 문학을 전공해서 시를 쓰는 시인이 되면 좋겠다고. 지금 와서 생각해보니 시인이 되는 것이 중요한 게 아니라 시인이 되기 위해선 공부를 열심히 해라가 더 중요한 의도였던 듯하다. 학습능력이 부진했던 내가 이해력이 좋을 리 없었다. 선생님의 의도를 다르게 받아들이고 만 것이다.

그날부터 내 꿈은 시인이었다. 시집을 사들이고 시를 썼다. 일기도 모두 시 형식으로 바꾸었다. 어느새 노트 빼곡히 시어들로 가득 찼다.

시심이 깊어질 무렵, 학기 마지막 작문시간이었다. 주제와 형식이 없는 글을 쓰라는 선생님 말이 떨어지자마자 나는 온 신경을 집

중해서 최선을 다해 썼다. 하지만 기대와 달리 내 글은 혹평을 받았다.

'꾸밈이 과하다.'

마지막 작문시간에 받은 내 글에 대한 평가다. 실제 있었던 경험에 대한 솔직한 느낌을 시로 쓴 첫 글에 비하면 두 번째 글은 칭찬을 바라고 쓴 거짓말투성이 글이었다. 생리대 종류가 다양하지 않던 시절, 내가 쓴 글은 대부분 수많은 비유와 은유로 꾸며낸 거짓이었다. 가장 큰 문제는 꾸며낸 이야기를 실제로 경험한 일이라고 주장한 나의 양심이다. 그때 나는 모르는 이야기를 아는 것처럼 쓰느라 부질없는 노력을 했다.

전축 공장 미스 김 언니와 쌍둥이 형제를 잃은 소녀 때문에 나는 평범한 내 30년 인생이 싫었다. 몽골 초원에서 쟁반만 한 달이 뜨던 날 태어나 사람의 마음을 읽는 소녀로 자라 숙명적인 사랑에 빠졌지만 끝내 가슴 아픈 이별을 견디지 못하고 전 세계를 떠돌다 문화센터 수강생이 된 신비로운 여인이었다면, 내가 그랬더라면 하고 바랐다. 거짓과 창작을 혼동하던 중학생은 여전히 한 뼘도 자라지 못한 것이다.

우주전쟁

story 24

아무 정보도 없이 스티븐 스필버그 감독의 SF 영화 〈우주전쟁〉을 보았다. 날은 더웠고 우리는 무료했고 기억 속의 그날은 무엇이 되었든 좋으니 신나는 일이 생기면 좋겠다 싶은 그런 날이었다. 여름을 위해 태어난 블록버스터답게 포스터 속 주인공은 몹시도 진지했고 나는 별 기대 없이 그 얼굴을 바라봤다. 하지만 영화는 예상을 깨고 흥미진진했다.

후반부 뜬금없는 미국식 '영웅 아빠'의 활약이 좀 우습기는 했지만, 실감 나는 전장의 느낌이 심리적 압박을 가하며 '실제 이런 일이 일어난다면……'이라는 상상을 하게 만들었다. 가족과 함께 도처에 위험이 도사린 도시를 헤매는 상황과 전쟁이 길어질수록 황

폐하게 변해가는 사람들의 모습이 서글프게 묘사된 영화였다.

"만약 전쟁이 일어난다면 우리 고양이들은 어떡하지?"

나도 친구도 여러 마리 고양이와 함께 살고 있었다. 반려동물을 끔찍하게 사랑하는 친구였기에 그런 질문이 뜬금없진 않았다.

"글쎄…… 업고 뛰어야 하나?"

나는 무성의하게 답하고 친구의 얼굴을 보았다. 그녀의 눈빛이 마법사의 수정구슬보다 더욱 진지하게 빛나고 있었다. 물기가 어려 그렇게 보이지 않았나, 지금 생각하니 나의 무성의함이 미안하게 느껴진다.

"상상하기 싫지만 만약 전쟁이 나면 난 애들을 뒷산에 풀어줄 거야. 어디든 가서 먹을 거라도 주워 먹으라고."

색다른 답은 아니었지만 나의 해결책보다는 괜찮다 싶어 고개를 끄떡였다.

"그럼 고양이들 뒷산에 풀어주고 우리는 어디서 만날까?"

나는 진지한 얼굴을 하고 농을 던졌다.

"우리는 약속한 장소에 모여야지. 무사히 살아서……."

친구의 음성은 자음과 모음이 분절된 채 미세하게 떨리고 있었다. 그 순간 나는 웃었는지 말았는지 아니면 친구에게 약속 장소를 알려주었는지 말았는지…… 다른 여러 기억처럼 희미하다.

우리가 헤어질 확률은 우주전쟁이 일어날 확률보다 낮으며, 우리는 우리의 고양이들과 함께 천천히 늙어가면 된다고 생각했다. 하지만 우리는 '그날'을 뒤로 하고 각자 살아가고 있다. 영화처럼 우주전쟁은 일어나지 않았는데 우린 왜 헤어졌을까?

동네 문방구에 비닐로 코팅된 장국영이 활짝 웃고 있던 1990년 봄에도 나는 누군가와 함께 남루한 영등포 어느 극장에서 영화를 보며 훌쩍이고 있었다. 그 영화가 〈죽은 시인의 사회〉였는지 〈영웅본색〉이었는지 뿌옇고 흐릿한 것을 보니 어느새 추억이 되었나 보다.

영화 속 주인공들보다 더 비장한 얼굴로 우린 얼마나 많은 약속을 했을까?

반 아이들과 단체로 관람한 〈모던 타임즈〉를 보며 어느 박자에서 웃어야 할지 난감하던 나는 (나는 이 영화가 너무 슬펐더랬다) 다신 무성영화 따위는 보지 말자며 누군가와 약속을 했던 것도 같다. 〈다이하드〉를 볼 때 내 발 위로 지나가던 쥐는 어느 하수구에 묻혀 생을 마감했을지. 그 쥐의 꼬리를 보며 나는 또 어떤 친구와 무슨 약속을 했을까.

영원을 걸고 참 많은 것을 맹세했던 그 시절, 우리는 헤어지고 싶지 않았고 우정은 언제나 빛날 줄 알았다. 우주전쟁도 조직원의 배신도 천재지변도 없었는데 우리는 왜 헤어졌을까?

이제 나는 '언제 밥 한번 먹자'라는 약속도 쉽게 하지 않는 사람이 되었다. 지키지 못할 약속은 하지 않는 신중한 사람이 되었다는 뜻이 아니다. 만날 때 미리 헤어질 것을 염려하고 경계하는 사람이 되었다는 뜻이다. 한용운의 「님의 침묵」 시구를 남용하는 겁 많은 사람이 되었을 뿐이다. "만날 때에 미리 떠날 것을 염려하"는 그런 만남을 모르던 시절에 했던 수많은 맹세가 어쩌면 솔직했을지도 모른다. "경계하지 아니한 것이 아"닌 만남에만 주력하며 사는 지금이 덜 상처받고 편하다고 말하기도 어렵다.

이런저런 이야기를 쓰고 그리는 사람이 되고 보니 인생에 관해 많은 것을 알고 있는 것처럼 군다. 하지만 지금도 나는 만날 때 헤어질 것을 염려하는 마음이 무엇에 유리한지 도무지 알 길이 없다. 어색한 송년모임에서 뷔페코스를 돌고 있는 사람처럼 관계의 외곽만 빙빙 돌고 있을 때가 있다. 관계가 시작되기도 전에 염려로 가득한 날 볼 때면 맛없이 식어가는 뷔페음식처럼 정나미가 떨어진다. "다시 만날 것을 믿"는 어른으로 커서 더 견고하게 관계의 쓸쓸함을 견뎌야 했는데.

「님의 침묵」을 다시 읽어야겠다.

점
괘

story
25

침을 놓는 백가 아줌마의 얼굴에는 오백 년이 지나도 절대 지워지지 않을 것 같은 눈썹 문신과 오래된 페인트처럼 붉은 립스틱이 입술 중앙에 간신히 붙어 있었다. 회벽 반죽을 아무렇게나 발라놓은 '야매' 침술원 건물에는 성한 곳보다 균열로 생긴 금이 더 많았다.

백가 아줌마네 침술원에는 늘 많은 사람으로 북적였다. 아픈 사람도 많았지만 자신의 앞날이 궁금해 찾아오는 사람들이 더 많았다. 백가 아줌마는 사람들 몸에 침을 꽂고 약발이 드는 동안 사람들의 사주팔자를 봐주신다. 자신의 순번을 기다리는 사람이나 약발이 들기를 기다리는 사람 모두 흥미진진한 시간이 아닐 수 없었다.

초등학교 입학을 앞두고 나는 축농증이 생겨 계속 코에서 삑삑이 신발 소리가 났다. 삑삑 후~

엄마는 바닥에 엎드려 구구단을 외워서 그런 거라며 나를 야매 침술원 백가 아줌마에게 보냈다. 책상 대신 백가 아줌마를 선택한 엄마는 지금도 겨울이면 삑삑 소리를 내는 내 코를 보면 그 당시 당신의 선택을 후회하신다.

나는 아이다운 사랑스러움이나 귀여운 구석은 전혀 없었지만 다른 아이들보다 희한한 부분에서 대견함을 자랑하는 아이였다. 매운 것을 잘 먹는다거나 숨을 오래 참는다거나 벌레나 쥐를 두려워하지 않는다거나 더위를 잘 견딘다거나. 이런 쥐며느리 눈곱 같은 재주나 대견함은 늘 쓸모가 별로 없다. 인형처럼 예쁘고 공부도 잘하는 언니와 말 잘 듣고 순한 동생의 비해 나는 늘 칭찬에 굶주린 아이였다.

하지만 침술원에만 가면 어른들이 나를 보는 눈빛이 달랐다. 목덜미에 커다란 대침을 꽂고도 악 소리 한 번을 내지 않고 잘 참는 아이가 바로 나였으니까. 어른들은 거참 신통하다며 한마디씩 보태곤 했다.

사실 백가 아줌마의 침은 너무 아팠다. '따끔'이라는 의성어만으로 부족한 통증이 발가락마저 움찔거리게 했다. 하지만 나를 향한 시선을 외면하기 힘들어 꿋꿋하게 참아냈다.

엄마를 대동하지 않고도 나는 침술원에 들러 백가 아줌마께 내 목덜미를 맡기고 잠시 속으로 엉터리 구구단을 외웠다. 침술원 방 바닥에 코를 박고 누워 있으면 백가 아줌마는 내게 귀가 작아 남의 말을 잘 듣지 않겠다는 둥 고집이 세고 목소리가 커서 시집을 늦게 가겠다는 둥 별로 궁금하지 않은 나의 미래를 점치고 계셨다. 기억나는 것은 별로 없지만 아줌마의 예언을 대충 끼워 맞춰 보면, 나는 고집 세고 지기 싫어하는 성질 고약한 여자로 자라날 꼬마였다. 침술원이 없어지고 내 코에서 계속 소리가 났고 우리 가족은 영등포로 떠났다.

영등포 흙집 마루에 앉아 해가 지는 쪽을 바라보며 외할머니는 연신 뭐라고 중얼거렸다. 명주실로 묶어 길게 늘어뜨린 놋쇠가위를 들고 점을 보는 중이었다. 외할머니의 은색 비녀는 이제 햇빛을 받아도 빛이 나지 않았다. 할머니는 궁금한 모든 것을 의문형으로 만들어 가위 신께 조심스레 물어보았다.

이를테면 '막둥이가 시험에 붙겠습니까?' 하고 묻고는 가위의 움직임을 살피는 식이다. 명주실에 매달린 가위가 흔들리면 막냇삼촌이 시험에 붙는 것이고 아니면 미동도 하지 않는 것이다. 이게 영험한지 아닌지 확인된 바는 없다.

'어쩌면 할머니가 멋대로 가위를 흔드는 것은 아닐까?'

나는 할머니 등 뒤에서 그런 의구심을 품고 있었다.

외할머니 여행 가방에는 언제나 명주실에 감긴 무거운 놋쇠가위가 들어 있었다. 할머니가 돌아가시고 자식 손보다 더 많이 잡고 있던 놋쇠가위는 유품이 되었다. 나도 한 해 두 해 나이를 먹으며 어느덧 스물다섯이 되었고 그해 왕언니를 만났다. 그녀가 내게 남긴 말은 훗날 내가 기억하는 가장 영험한 점괘가 되었다.

왕언니의 손은 검고 두툼했다. '검은 손'이라는 단어가 비리나 권력을 휘두르는 자들에 빗대어 쓰일 때마다, 나는 왕언니의 손을 떠올렸다. 나에게 검은 손은 노동과 고통의 상징으로 남아 있었다.

왕언니의 성은 왕이 아니다. 골프장 보조요원 중 가장 나이가 많고 경력이 많아 모두 그렇게 부른 것이다. 돌아보면 언니는 모든 면에서 '왕'이었다. 왕처럼 굴었다는 것이 아니라 모든 면에서 지혜롭고 또 품이 넓은 대인 같아서 붙여진 별명이다. 더위를 이기는 방법이나 감기 걸리지 않는 옷차림에 대해 잘 알고 있었다. 짜증 나는 사람을 상대하는 요령이나 사무실 직원들과 싸우지 않는 마음가짐에 대해서도.

언니는 늘 분주했다. 누군가의 옷매무새를 만져주고 있다든가 우는 사람에게 어깨를 내어준다거나 데운 우유를 사물함에 넣어준다거나 누군가의 고민을 들어주고 있었다. 대기실에 앉아 라운딩 순서를 기다리며 삼삼오오 짝을 지어 왕언니에게 무언가 상담하고 있는 사람들의 모습을 흔히 볼 수 있었다. 얼핏 들은 말로는 언니가 관상이나 손금을 잘 본다는 소문도 있었다.

오랜 세월 많은 사람을 대하면서 갖게 된 깊은 혜안이 아니었을까 싶은데 당시엔 나도 왕언니에게 물어보고 싶은 것이 있었고 실제로 언니 주변을 기웃거리며 틈을 노리기도 했다. 하지만 쉽사리 언니 옆자리는 내 차지가 되지 않았다. 용한 점집 문턱만큼이나 높고 험준했다.

여름 감기 때문에 몸살을 앓던 날, 대기실에 누워 라운딩을 나갈 차례를 기다리는데 누군가 내 이마를 짚어주었다. 왕언니였다. 언니는 별말 없이 내 이마를 짚어주고 약은 먹었냐고 물었던 것 같다. 나는 묻고 싶은 것이 있었지만 말이 입 밖으로 나오지 않았다.

"이마가 좁은 편이니 돈이 쉽게 새어나갈 수 있어. 우리 아부지가 너처럼 이마가 좁았거든. 그래도 하관이 넓으니 우리 아부지처럼 큰 빚은 지지 않고 살겠다. 유학 가려고 돈 모으는 중이라며……."

그때 나는 유학을 떠나기 위해 돈을 모으고 있었다. 사실 허무맹랑한 계획이었다. 언어나 포트폴리오를 준비하고 있어야 옳았는데 엉뚱하게 돈을 모으고 있었다. 돈만 있으면 내가 달려가고 싶은 곳으로 달릴 수 있으리라 믿었다. 골프장 경기보조요원은 생각보다 힘들었고 몸은 점점 축나고 있었다. 왕언니 말처럼 이마가 좁아서 돈이 새고 있었는지 이상하게 돈은 쉽게 모이지 않았고 나는 이런저런 종류의 아르바이트를 하며 돈이 필요했던 처음의 목표를 잊어가고 있었다.

왕언니는 아버지가 노름빚으로 잃은 고기잡이배를 다시 찾기 위해 스물한 살에 골프장에 왔다고 했다. 골프장에 처음 왔을 땐 배 한 척 가격이 얼마인지 몰랐다고. 이제 배 한 척이 얼마나 비싼지 알게 되었지만 아무 소용없는 일이 되었다고 했다. 이유는 말하지 않았지만 나는 알 것 같았다.

지금 생각하면 그때의 내가 무척 부끄럽고 유치하게 느껴진다. 유학을 준비한다고 떠벌리고 다니며 뭔가 그들과는 다른 이유로 골프장에 왔다는 사실을 은근슬쩍 강조하고 있었는지 모르겠다. 가까이 지내지 않았던 왕언니조차 알고 있었다는 사실이 그 증거다. 언니는 마지막으로 감기 걸리지 않게 여름에도 목에 수건을 두르고 일하라고 말해주었다. 그리고 한 번 정주면 쉽게 놓지 못하는 성미 때문에 젊어 고생은 하겠지만 그냥 고집대로 살라고 말했다. 이놈의 고집은 어릴 때나 커서나 덩치가 작아지지 않았나 보다.

간혹 점술원을 찾고 싶어 하는 친구들에게 점괘는 결과가 아니라 질문이 더 중요하다고 말한다. 가장 궁금한 것이 바로 가장 원하는 것이고 원하는 그것이 바로 지금 이 순간 가장 중요한 것이라며 하나 마나 한 소리를 한다. 점이라는 확률게임에 거는 기대와 비용이 아까워서 하는 말이기도 하지만 결국 해답은 질문 안에 있고 질문이 엉터리면 답은 없다고 생각하기 때문이다.

아무리 기다려도 끝끝내 오지 않을 그 무엇을 기다리다 가는 게 인생이라던 누군가의 술주정에 밑줄을 긋고 싶을 때가 있었다. 그의 주정대로라면 답은 없는지도 모른다. 하지만 적어도 질문은 내가 해야 하지 않나 싶다. 순탄하지 못한 팔자를 점지받은 내가 할 소리는 아니지만 말이다.

침쟁이 백가 아줌마가 내게 한 마지막 예언이 생각난다. "내 침을 꾹 참고 맞았으니 커서 뭘 해도 할 년이구나." 그 예언은 틀렸다. 난 뭘 해도 할 년으로 자라지 못했다. 무엇을 어떻게 해야 하는지 몰라 지금도 망설이는 년으로 늙어가고 있기 때문이다.

축농증도 못 고치고 예언도 빗나가고, 영험한 구석 하나 없는 양반이 지금도 야매로 남의 건강과 앞날에 훈수를 두고 있지나 않은지 모르겠다.

비
행
기

고속버스터미널에 도착했을 때 알았다. 내 계산에 착오가 생겨 차
비 200원이 부족하다는 사실을. 안산에 있는 분교 초등학교에 방
과 후 미술수업을 가기 위해 고속버스를 타야 했는데 멍청하게
셈을 잘못한 것이다. 오는 길에 전철역 안 레코드 가게에 들러 시
디 한 장을 사고 바나나우유 하나를 사는 바람에 200원이 부족했
다. 가는 길에 쓸 차비가 부족하니 서울로 돌아올 차비는 안중에
도 없었다는 말이 되는데 뭘 믿고 비싼 시디를 냉큼 사버렸을까.

학교 담당 선생님께 전화를 걸어 몸이 아파 결근한다는 거짓말을
했다. 고정적인 수입이 없으니 신용카드를 만들지 않고 사는 게
당연하다고 생각했던 융통성 없음에 절로 고개가 숙어졌다. 어쩔

수 없이 왔던 길을 되짚어 돌아가야 했다. 전철역 나무의자에 앉아 구형 플레이어에 새로 산 시디를 넣었다. 고속버스 창가에 기대 음악을 감상하려고 했던 호사는 전철로 대신해야 했다.

음질이 나쁜 이어폰을 귀에 꽂았다. 공항의 소음이 잠시 들리더니 비행기가 이륙하는 소리가 들렸다. 노래 속 주인공은 먼 나라로 떠나는 연인에게 낯선 곳에서 행복해야 한다는 당부를 노래로 전하고 있었다. 안산도 못 가는 내가 먼 나라로 떠나는 사람의 마음을 알 리 없었고 비행기를 타고 떠나고 싶었던 바람이 나에게도 있었는지 가물가물했다. 전철역 손잡이를 잡고 아무렇게나 휘청거리는 내 몸의 움직임을 느끼며 텅 비어버린 하루를 걱정했다. 건전지가 다했는지 노랫소리가 중간에 멈춰버렸다.

이어폰을 빼고 멍하니 서 있는데 커다란 가방에서 무언가를 주섬주섬 꺼내는 아저씨의 모습이 눈에 들어왔다. 멀리 아프리카 원주민들이 씹었다는 신비한 약초를 넣어 만든 치약을 파는 아저씨였다. 이가 없으면 잇몸으로 산다는 말은 옛말이라며 신비한 치약을 하나 사면 하나를 더 드린다며 열심히 치약통을 흔들고 있었다.

이가 없으면 잇몸으로 산단 말의 속뜻은 무엇일까. 잇몸이 있으니 괜찮다는 말이라면 잇몸마저 상한다면 무슨 수로 살아가란 말일까. 신비한 풀로 만든 치약은 한 통도 팔리지 않았다. 아저씨는 다음 열차 칸으로 이동했고 나는 당산철교를 넘고 있었다.

유학을 포기하면 사는 게 좀 수월할 줄 알았다. 영등포를 떠나 마포에 작은 작업실을 얻고 그림책을 공부하며 사는 동안 치약을 파는 아저씨처럼 다음, 다음으로 이동했지만 수월해지는 것은 하나도 없었다.

그때부터인지 모르겠지만, 하늘에 비행기가 지나가면 무심히 보게 된다. 하늘을 나는 새보다 신기하고 위대해 보였다. 어딘가로 떠날 수 있는 사람들이 많이 부러웠던 모양이다. 지금도 해외여행을 마치고 돌아온 친구들의 이야기를 들으면 나도 모르게 궁둥이가 들썩인다.

그때 차비와 맞바꾼 음악을 그 후로 몇 해 동안 노동요 삼아 들으며 작업을 했다. 책상머리에 앉아 비행기 소리를 들으며 답답한 심정을 달랬다. 몇 해가 지난 어느 날, 아는 친구로부터 전시할 공간이 생겼다며 연락이 왔다.

홍대 골목에 있는 작은 살롱이었다. 검은 문을 열고 들어서면 붉은 벽과 플라스틱 샹들리에가 있었고 트로트 가수가 꿈이었다는 주인장이 있는 곳이다.

설치를 마치고 한 걸음 물러서 걸린 그림들을 바라보는데 신기하게도 내 그림이 이 살롱과 잘 어울린다는 생각이 들었다. 형광물감과 구식 살롱이 처음부터 그렇게 함께 있었던 것처럼 어울렸다. 어릴 적, 영등포역 안에 붙어 있던 카바레 광고 전단처럼, 영등포

시장 앞 삼류극장에 걸린 영화 간판처럼 촌스럽고 정겨웠다. 홍대 한복판에 이 공간만 둥둥 떠다니는 빨간 '고무다라이' 같았다.

벗기 힘든 나의 변두리 정서 때문에 번쩍번쩍 윤이 나는 세련됨 앞에 누구보다 빨리 주눅이 들곤 했다. 그런 나를 이 작은 살롱이 안온하게 품어주는 것 같았다. 노래를 잘 부른다는 주인장과 기분 좋게 맥주를 한잔하고 작업실로 돌아와 잠자리에 들었다.

그날 새벽 2시쯤 울리는 핸드폰 벨에 전 잠에서 깨어났습니다. 그림 가격을 물어보는 손님이 있다는 살롱 주인장의 전화였죠. 이 시간에 그림을 사려는 사람이 다 있구나, 참 이상한 사람이다 싶으면서도 전시 첫날부터 웬일일까 싶기도 했습니다. 그림 가격을 묻고 조금 지나 손님이 두 점을 사고 싶어한다는 말에 다시 한 번 놀랐습니다.

잠시 요란한 소음이 들리더니 살롱 주인장이 말을 이어갔습니다. 그림을 산 손님이 한잔하자는데 가게로 올 수 있냐고 물었습니다. 걸어서 10분이면 갈 거리였지만 나는 가지 않겠다고 했습니다. 밤이 늦어서도 아니었고 모르는 사람과의 술자리가 불편해서도 아니었습니다. 오랜 시간 서너 평 남짓한 작업실에서 어딘가로 자꾸 떠나고 싶었던 제 마음을 달래주던 음악 때문이었습니다. 그 음악을 만든 사람과 얼굴을 마주할 자신이 없었습니다. 혹시나 술

기운을 빌어, 그때 부족했던 차비 200원에 대해, 어디에도 갈 수 없었던 나에 대해 말하고 싶어질까 봐……. 고맙다는 말을 대신 전해달라고 하고 전화를 끊었습니다. 그 후 웃으며 잠이 들었던 것으로 기억합니다.

다음 날 살롱에 찾아갔더니 목청이 시원시원한 주인장이 어제 그림을 산 손님이 공간 대여료를 받지 말라고 당부하고 갔다는 말을 전해 들었습니다. 그림 팔아 얼마나 남긴다고 그걸 받느냐며, 그림값 전부를 작가에게 주라고 신신당부했다고. 주인장만 애먼 소리를 듣게 했구나 싶으면서도 남겨두신 마음 쏨쏨이가 고마웠습니다.

그로부터 시간이 한참 흘러 마포의 작업실을 떠나기 바로 전날이었는데 모르는 번호로 전화가 걸려왔습니다. 전화기 너머 들리는 목소리가 노래를 부를 때 음성과 많이 닮아서 깜짝 놀랐습니다. 그때 그림을 산 사람이라며 아직도 그림을 그리고 있냐고 물어오셨죠. 지금은 그림 그리는 일을 그만뒀으면 어쩌나 하며 전화하길 망설였다고. 저는 잘 지내고 있고 지금도 그림을 그리고 있다고 말했습니다. 제가 만든 책을 보내드리고 싶다고 말했고 다시 또 통화하자고 말하고 전화를 끊었습니다. 짧은 대화였지만 오래 알고 지낸 친구처럼 담담했습니다.

짐을 꾸려 그곳을 떠나 지금은 산이 있는 작은 동네에서 그림을 그리며 지냅니다. 책에 제 이름 석 자와 날짜를 적어 보내드리며 뭐라고 감사의 말을 적으면 좋을까 망설이다가 용기를 주셔서 감사하다고 썼습니다.

서른이 넘고 마흔이 넘었는데 지금도 촌스럽게 하늘을 나는 비행기를 신기한 듯 바라봅니다. 형편은 200원이 부족했던 때보다 나아졌는데 지금은 불편한 몸 때문에 비행기를 타고 떠나는 장거리 여행은 상상 속에서만 가능한 일로 남았습니다.

이 글에 주어를 넣지 못하는 이유는 호칭을 뭐라고 해야 좋을지 몰라서입니다. 그때 차비와 맞바꾼 음악은 탁월한 선택이 아니었나 생각합니다. 지금도 저와 함께하고 있으니까 그것만으로도 충분하다고 여겨집니다.

그림이 있어 음악이 있는지는 모르겠지만, 음악이 있어 그림이 있는 것 같다는 생각은 종종 합니다. 제 경험상 음악은 그림의 가장 가까운 친구이니까요.

저는 아직도 다음 칸, 그다음 칸으로 이동하는 중입니다.

언제나 건강하세요.

동
물
원

story
27

1988년 서울올림픽이 열리던 어느 날, 나는 집에서 멀뚱히 텔레
비전을 보고 있었다.

아프리카에서 온 권투선수가 우리나라 초가을 날씨 때문에 감기
에 걸려 출전이 불가능하다는 스포츠 기사가 흘러나왔다. 입김이
펄펄 나는 겨울도 아닌데 감기에 걸리다니, 아프리카는 얼마나 더
운 곳일까? 부전승으로 결승에 올라간 선수야 기쁠지 모르겠지만
4년에 한 번 열리는 경기에 출전하지 못한 아프리카 선수는 몸도
마음도 다 아프겠지……. 지금에야 드는 생각이지 어린 내가 했을
법한 생각은 아니다.

신문지에 쌓인 뱀들은 온도를 견디지 못하고 죽은 뱀들이라고 했다. 뱀은 쓸데없이 예민한 동물이라 온도에 민감해 잘 죽는다고 했다. 그래서 애초에 넉넉히 사들인다고. 새장 속 새들이 신경질적으로 울어댄다. 각각 기후가 다른 지역에서 데려온 새들을 한데 욱여넣어 생긴 일이다. 날개가 굳어 하늘을 날지 못하는 수리과 새가 계속 가짜 돌벽에 머리를 처박는다. 머리 중앙이 허옇게 짓물렀다.

새를 다루지 못하는 어린 사육사는 계속 이상한 말로 새들에게 겁을 줬지만 공포에 떠는 건 오히려 그였다. 물소는 병들어 죽을 날만 기다리고 있었다.

원숭이 우리는 더 참혹했다. 녹슨 철창에 갇혀 비명을 지르고 있었고 원숭이 우리 사이에는 피부병을 앓고 있는 늙은 개가 계속 같은 자리를 맴돌고 있었다. 성대를 수술한 탓에 울지도 못하고. 두 마리의 페르시아고양이는 털이 엉켜 형체를 알아볼 수 없었다. 나는 비명에 가까운 소리를 내뱉는 새들에게 모이를 주고 병에 걸려 사납게 변해버린 원숭이 우리에서 똥을 퍼냈다. 우리 앞에 푯말만 보이고 모습이 보이지 않는 동물들도 꽤 많았다.

함께 우리 안을 치우던 어린 친구가 긴 호스를 수도꼭지에 연결하고 늙은 개의 등을 닦았다. 그 친구는 3개월 동안 묵묵히 일했다. 동물을 대하는 손길도 나보다 능숙했다. 꾀를 부리지도 않았고 불평을 하는 일도 없었다. 그런 그 친구도 하지 못하는 일이 딱 하나 있었다.

바로 뱀들에게 먹이를 주는 일이다. 나는 친구 대신 뱀들에게 먹이를 줬다. 뱀 사육장은 동물원 정중앙에 있고 조도가 낮은 실내등이 켜져 있으며 고요하고 무서운 곳이었다. 전문 뱀 조련사가 양은 양동이를 내 앞에 내려놓는다. 양동이를 열면 발바닥이 붉고 몸이 하얀 쥐들이 수십 마리 엉켜 있다. 나는 연탄집게를 사용해 살아 있는 쥐의 꼬리를 집어 든다. 버둥거리는 쥐의 머리를 사육장 벽에 세게 내리친다. 잠시 기절한 쥐를 뱀 가까이 던져주면 끝이 난다. 죽은 짐승은 입에 대지 않는 뱀들을 위한 배려라고 했다.

고향을 떠나온 복서는 추운 타국에서 지독한 감기에 걸려 4년을 기다린 링 위에 오르지 못했다. 가슴 아픈 일이다. 뱀은 온몸으로 느끼던 고향의 흙냄새 대신 시멘트 냄새를 맡으며 누군가 던져준 반쯤 죽은 쥐를 먹다가 운이 나쁘면 하얀 고름을 온몸에 달고 고통스럽게 죽어간다. 가슴 아픈 일이다.

20년 전 영등포를 떠나 많은 아르바이트를 했다. 그중 동물원에서 지낸 3개월이 가장 참혹하고 서글펐다. 아마 함께 일하던 어린 친구가 없었더라면 끝까지 안 좋은 기억만 남기고 끝났을지도 모

른다.

동물원에서 보낸 마지막 날이 생각난다. 동물원 앞 식당에서 보리밥을 먹고 다시 사육장으로 돌아가는데 갑자기 친구가 내 손을 잡아끌었다. 아무래도 원숭이 사육장에 있는 고양이가 배가 부른 것 같다며 병원에 가지 않으면 저대로 죽을지도 모른다고 다급하게 속삭였다. 멍청한 나, 친구 얼굴만 멀뚱히 바라보고 섰다. 사육장으로 돌아온 친구는 어디서 찾아냈는지 커다랗고 더러운 동물용 이동장을 갖고 왔다. 임신한 고양이를 들어 올리자 엉덩이 부분에서 노란 고름이 흘렀다. 내가 임신한 고양이를 넣고 문을 닫으려 하자 친구는 곁에 있던 다른 고양이도 함께 이동장에 넣어버렸다.

우린 논둑길을 달리기 시작했다. 아픈 고양이들에게 충격을 주지 않으려 애를 썼지만 무리였다. 논둑길을 달리는데 하염없이 눈물이 났다. 함께 달리던 친구가 더러워진 소매로 눈물을 닦았다.

언니한테 쥐 잡게 해서 미안했어요.

임신한 고양이는 하얀 새끼를 세 마리 낳았고 함께 온 아빠 고양이는 좋은 사람들을 만나 떠났다. 우린 그 길로 동물원 일을 그만뒀고 치료비 내역을 본 동물원 측에서 고양이에 대해 더는 아무 말도 하지 않았다.

고양이들은 지금도 행복하게 살고 있지만 늙은 개는 어떻게 살고 있는지 모르겠다. 친구는 고양이들 치료비 대고 병간호를 하느라 많이 힘들었을 텐데 아무 내색하지 않고 늘 의젓했다. 나는 같이 논둑길을 뛰며 우는 것밖에 한 일이 없어 미안했다.

나는 이제 동물원에 가지 않는다. 아이들 학습용 운운하는 사람을 만나면 동물에게 고향은 목숨이라고 말한다. 늙고 병든 고양이들과 함께 지낸다고 해서 동물원을 반대하는 일에 서명 한 줄 넣는다고 해서 내가 이 기억을 잊을 수 있을지 모르겠다.

내 곁에서 고르릉거리며 잠든 고양이들에게 행복하냐고 묻는다면 이들은 뭐라고 답할까?

선영
영

story
28

선영 씨.

바람 소리 때문에 선영 씨의 말이 잘 들리지 않았어요. 같은 말을
여러 번 되풀이하게 해서 미안해요.

남자친구랑 헤어졌다는 말을 두 번이나 하게 만들다니. 내가 괜
찮으냐고 묻기도 전에 씩씩한 목소리로 괜찮다고 말하는 선영 씨
때문에 내 마음이 괜찮지 않았어요. 떠난 사람 마음 이해한다며
작게 웃었는데 그게 웃음소리였는지 바람 소리였는지.

선영 씨와 통화를 끝내고 여러 생각이 들더라고요.

우리처럼 후천적으로 장애를 갖게 된 사람들은 떠난 사람의 마음
과 남겨진 사람의 마음을 동시에 이해하는 능력이 있을지도 모르

겠다는 생각이 들어요.

선영 씨. 세상의 수많은 선영 씨 중에서 내가 꼭 만나야 했던, 그러나 끝까지 얼굴을 마주할 용기가 없었던 선영 씨.

선영 씨가 사는 섬마을에서 진료를 받기 위해 서울로 오던 날, 내내 곁을 지켜준 사람에게 미안해 빨리 낫고 싶다고 말했죠. 내게 보내준 동영상 속에 서른이라는 나이가 믿기지 않을 만큼 어린 얼굴의 선영 씨와 지금은 뭍으로 떠났다던 그 사람. 그리고 예상보다 훨씬 심각했던 선영 씨의 몸 상태를 보고 길지도 않은 동영상의 정지 버튼을 눌러버렸어요. 몸 바깥쪽으로 심하게 휜 선영 씨의 다리를 보고 잠시 할 말을 잃었어요. 앞으로 내가 겪게 될 일이라고 생각하니 아득해지는 정신을 붙들고 있느라 아무것도 할 수가 없었어요.

미안해요. 선영 씨가 섬마을로 떠나기 전 꼭 한번 만나자고 했는데 난 무서워서 그러지 못했어요. 사실 그 무렵 내 무릎에 슬픈 변화가 찾아오고 있었거든요.

어제는 쇼핑사이트에서 꽃무늬가 그려진 지팡이를 사려고 결제 버튼을 눌렀어요. 쇼핑사이트에서 꽃무늬 지팡이를 보니 선영 씨의 목발이 떠올랐어요. 휠체어를 타야 하는데 그러기 싫었다고. 그 마음 이해가 가요. 난 목발을 짚어야 하는데 지팡이를 선택했

으니까.

나는 이제 예전에 나로 돌아가 남들처럼 걷게 되리라는 희망을 버렸어요. 그걸 포기하는데 무려 12년이 걸렸죠. 그런데 선영 씨는 온갖 민간요법을 써서라도 꼭 남들처럼 걷겠다고 했었죠. 나도 12년 동안 입으로는 포기했다고 말했지만 사실 단 하루도 희망을 놓지 않고 있었어요. 장애를 예상했다고 말했지만 사실은 예상 못했어요. 인생에서 우리가 예상할 수 있는 비극은 죽음뿐이지 않을까요.

예전에 나로 돌아가고 싶은 바람은 포기했지만 이제 한 몸처럼 익숙한 이 고통으로부터 나를 잘 다스릴 수 있지 않을까…… 그렇게 생각하며 살기로 했어요.

어릴 때 이런 수수께끼가 있었죠. 아침에 네발로 기고 점심에 두 발로 걷고 저녁엔 세 발로 사는 짐승이 무엇이냐고. 발이 하나 더 늘어난 나를 보고 혹여 위로의 말을 찾느라 애쓰는 사람이 있을까 싶어서 그 안에 선영 씨도 있을까 싶어서 미리 말해두고 싶네요. 수수께끼 속 짐승은 지금도 여러 합병증과 싸우며 자신의 불행과 무릎을 마주하며 살고 있지만 언제나 방법을 찾으려 애쓰고 있다고.

얼마 전, 극심한 통증과 싸우는 한 작가가 쓴 책을 읽었어요. 사랑하는 사람을 만나고 건강이 조금씩 좋아졌다고 쓰여 있었어요. 나는 통증을 이겨내는 어떤 의학적인 방법을 기대했는데 맥이 딱 풀려버렸죠. 그런데 시간이 지나니 그 책의 내용이 마음에 들어요. 아직 방법이 있다니, 그 방법이 다른 무엇도 아닌 사랑이라니……

선영 씨. 난 나쁜 꿈을 자주 꿔요. 꿈속에서 요즘 무척 행복하다고 말하는 사람을 만났는데 내가 몹시 성난 눈빛으로 상대를 흘겨보고 있었어요. 그리고 난 그를 향해 있는 힘껏 침을 뱉었어요. 행복해 죽겠다는 그를 향해 피해의식만 남은 불행한 나는 고작 침이나 뱉는 그런 꿈. 그와 나 사이가 너무 멀어서 아무것도 조준하지 못한 분비물은 허공에서 무의미하게 분사되고 있고 내가 입안에 침을 모으느라 전력을 다하고 있는 동안, 그는 내 곁에 놓인 검은 지팡이를 바라보는 그런 꿈. 나는 창자 밑바닥부터 모든 힘을 끌어모아 침을 뱉다가 꿈에서 깨어났어요.

자면서 최선을 다해 침을 뱉은 나. 원망할 대상이 필요했다니 참 불행한 사람이 아닌가, 나란 사람은 이렇게 옹색하게 저무는구나. 여름밤 침을 뱉으며 잠을 자는 사람, 너무 어리석은 사람이죠.

주말마다 다닌다는 봉사활동은 지금도 하는지 모르겠네요.

선영 씨. 선영 씨는 내가 찾지 못한 방법을 꼭 찾을 수 있도록 기
도할게요.

어
느
겨
울

story
29

그동안 그려둔 그림을 싸 들고 길을 나섰다. 바늘 같은 바람이 손
등에 꽂히고 목도리 구멍 사이로 냉기가 고였다. 무작정 출판사에
전화를 걸어 내가 그린 그림을 보여주고 싶다고 말했다. 작은 일
이라도 주어질까 하는 기대를 걸고 어렵게 말문을 열었는데 출판
사 관계자는 다행스럽게 상냥한 목소리로 응해주었다.

홍대 앞 골목을 돌며 그림을 팔아 생활비에 보태고 있었지만 돈
은 늘 부족했다. 더는 조를 허리가 없었다. 팔다 남은 그림들을 끈
으로 묶는데 허리가 아파져 왔다. 그림이 너무 커서 힘에 부치기
시작했지만 달리 방법이 없었다. 남들처럼 비용을 들여 만든 제대
로 된 작품집 하나 변변하게 없던 시절이었다.

그림을 들고 홍대 앞 번화가를 지나 출판사에 도착했다. 약속 시각보다 일찍 도착한 탓에 할 일 없이 출판사 건물을 바라보고 있었다. 갑자기 괜히 왔다는 생각이 바람보다 세차게 몰려왔다. 양팔에 가득 들려 있는 그림이 왠지 모르게 부끄러웠다. 미끄러지지 않게 단단히 붙들면 붙들수록 그림 모서리가 자꾸 옆구리를 찔러댔다.

어떤 기대보다 약속을 지키기 위해 시간에 맞춰 출판사 문을 열었다. 단정한 인상의 편집자가 상냥하게 웃으며 내 이름을 확인했다. 그의 시선은 내 옆구리 그림더미에 고정되었다. 따뜻한 실내 공기가 얼어있는 양 볼을 급하게 데우는 바람에 얼굴이 화끈거렸다. 부끄러움도 한몫했던 것 같다.

작은 낙서부터 큰 그림까지 찬찬히 살피던 편집자는 나에 대해 이런저런 것들을 물어왔다. 나는 모든 질문에 짧게 답했다.

"그런데, 뭐 하는 분이세요?"

편집자의 마지막 질문에 나는 짧게라도 답할 의욕이 사라졌다. 지금껏 무엇을 본 것일까? 하지만 그 질문에 의도를 모르는 것은 아니었다. 전시하는 그림과 책 속 그림의 스타일이 달랐고 이것저것 하는 건 많아 보이는데 뚜렷하게 하나로 꿰어지는 것이 없어 보인다는 뜻이라는 걸 모르는 바 아니었다. 하지만 양팔 가득 들려 있는 그림을 보고 무엇을 하는 사람이냐고 물으면 그림을 들고 이 겨울에 여기에 서 있는 나는 뭐란 말인가. 나는 아무 말도 하지 않았다. 다행히 상대도 대답을 기다리지 않는 눈치였다.

자리에서 일어나 밖으로 나가 다시 바늘 끝 같은 바람을 맞았다. 한참 걷는데 옆구리가 허전해 가던 길을 멈춰 섰다. 끈으로 대충 묶어뒀던 그림이 땅바닥에 모두 흩어져버린 것이다. 홍대 앞 번화가 한복판, 금요일 오후 6시. 손이 곱아서 제대로 그림을 줍지 못하는 내가 서 있다. 꿈이라면 깨면 좋겠고 현실이라면 그냥 잠들어버리면 좋겠다.

꿈 같은 일은 모두 꿈이었고 꿈이었으면 좋겠는 일들은 죄다 현실이었다. 그날부터 내가 뭘 하는 사람인지 증명하듯이 불행은 연속으로 찾아왔다. 2년 넘게 준비한 책이 인쇄를 앞두고 출판사의 일방적인 계약 해지 통보를 받아야 했고 생계를 이어가던 부업도 하나둘씩 끊어졌다. 내가 뭘 하는 사람인지 알았다. 나는 '실패하는 사람'이었다.

내가 웃으며 어느 해 겨울에 있었던 이야기를 하니 친구가 뭐가 좋아서 웃느냐고 되물었다. 이야기를 듣고 있던 친구는 책을 만드는 편집자였고 나에게 '뭐 하는 분이냐고' 물어보던 편집자와 같은 출판사에 다니고 있었다.

이 이야기가 여기서 끝이 아니거든.

그날 번화가 바닥에 앉아 그림을 줍느라 허둥대는 내 앞에 건장한 청년이 나타났다. 떨어진 그림을 나보다 더 빠른 속도로 주워서 마치 사기그릇을 들고 있는 사람처럼 조심스레 건네주며 말했다. "그림 그리시는 분인가 봐요?"

"그 남자 전화번호나 물어보지 그랬냐?"
"먼저 물어볼 줄 알았는데 아니더라고……. 젠장."
우린 웃었다. 언젠가 이 친구가 늙으면 양로원에 같이 들어가자고 떼를 쓴 적이 있다. 나는 "네 신랑하고 가라"고 핀잔을 줬지만 혼자 지내는 나를 걱정하는 마음이 느껴져 내심 고마웠다.
우린 만나면 직업이 직업이다 보니 책에 관한 이야기를 가장 많이 나눈다. 친구에게 이 책의 초고를 보여줬다. 친구는 두고 떠나도 전혀 미안하지 않다는 자신의 신랑에게 내 글을 보여줬다. 인연이 닿아 지금 이렇게 책의 형태를 만들어가며 여름을 나고 있다. 내가 뭘 하는 사람인지 의아해했던 사람과 긴말을 하지 않아도 내 속내를 알아주는 사람. 둘은 같은 출판사에서 일하는 다른 편집자다. 몇 년 간격으로 만난 다른 두 인연이 신기해 지금 이 글을 쓰고 있는지도 모르겠다.

책 서문에 작가가 편집자에게 남기는 헌사를 볼 때가 있다. 누구누구 편집자가 아니었으면 이 책은 세상에 나오지 못했을 것이라고 적힌 작가의 글을 볼 때면 나도 책에 그런 헌사를 남기고 싶다는 생각을 했다.

친애하는 나의 편집자 친구들. 나는 그대들과 함께 양로원에 가고 싶지 않으니 부디 오래오래 건강하시게.

그
녀
에
게

story
30

월요일 오후 2시, 노란 버스가 지나가고 나면 카페 문을 열고 그
녀가 왔다. 자폐를 앓고 있는 아들을 요리학원 버스에 태워 보내
고 책을 읽으며 아이를 기다리기 위해서였다. 그녀는 내가 만든
커피를 좋아했다. 여름에도 진한 아메리카노와 따뜻한 물 한 잔을
마셨고 언제나 리필은 생략했다.

그녀는 20대 초반에 만난 남편과 서른 초반에 결혼해 외국에서
함께 공부하다 아이가 태어나고 하던 공부를 중단했다고 말했다.
숙기가 별로 없어 보이고 말수가 적었던 그녀가 내게 말을 걸어
온 것은 우리가 만나고 1년 정도의 시간이 지나서였다.

그녀는 가장 오랫동안 카페를 찾은 손님이자 가장 예의 바른 단

골이었다. 다 마신 찻잔을 카운터까지 가져다주었고 늘 허리를 굽혀 인사를 했다.

다른 손님들에게 방해를 줄까 봐 아이를 데리고 카페 안으로 들어오지 않았다. 손님이 적은 날에는 내가 카페 밖으로 나가 학원 차에서 내린 아이와 인사를 나눴다. 번번이 눈을 맞추고 인사를 나누는 일에 실패했지만 그래도 아이는 나에게 큰 적대감을 느끼지 않는 듯했다.

그녀는 늘 작은 소리로 말했고 조심스럽게 행동했다. 타인에게 어떤 방해도 되고 싶지 않아 최선을 다하는 사람처럼 보였다. 언제 돌발 행동을 할지 모르는 아이 때문에 그녀는 매사 조심하며 사는 것 같았다. 겨울이 오면 나는 그녀에게 진한 아메리카노와 따뜻한 물 한 잔 그리고 작은 무릎 담요를 챙겨주었다. 그녀가 떠난 자리에는 언제나 무릎 담요가 네모 반듯하게 접혀 있었다.

그녀는 내가 만든 커피만큼이나 내가 선곡한 음악도 좋아했다. 많은 음악 중에 영화 〈그녀에게〉 OST를 가장 좋아했다. 사람 몸에서 귀가 제일 보수적이라는 말이 있던데 맞는 말 같다. 시각보다 청각이 익숙한 것에 더 관대한 것을 보면 말이다.

그 음악을 좋아한 사람이 또 있었다. 내가 일하던 카페 옆에 작은 개척교회가 있었는데, 수요일 저녁이면 기도회가 있어 다른 날보다 제법 많은 사람으로 복작였다. 통유리로 된 카페 안에서 기도 회에 참석하는 사람들 무리가 지나가는 것을 볼 수가 있었다.

언제부턴가 매주 수요일과 일요일이 되면 30대 초반으로 보이는 여인이 카페를 찾아왔다. 처음에는 교회 '개업떡'을 주러 왔던 그 녀가 그다음 주 일요일에는 커피 한잔 마시고 가겠다고 했다. 그 러더니 차차 일요일에 나와 서너 시간씩 긴 담소를 나누다 가곤 했다.

목사님의 어린 아내와 나는 그렇게 만났다. 6년 정도 그 카페에서 일하며 만난 사람 중 가장 기억에 남는 사람이다. 처음에는 교회 가 비좁아서 잠시 카페에 와 있는 거로 생각했는데 시간이 지나 고 그게 다가 아님을 알게 되었다.

그녀가 카페에 오는 날이면 나는 가게 안 조도를 조금 낮췄다. 그 녀가 눈치채지 못하도록 하고 싶었는데 나중에 고맙다는 그녀의 인사를 듣고 역시 난 섬세한 사람이 아니구나, 생각했다. 높은 온 도의 물로 천천히 내린 커피(그녀는 연한 커피를 좋아했다)를 주고 영화 〈그녀에게〉 OST를 들려줬다(그녀가 제일 좋아하는 곡이었다). 그녀를 만나 헤어지는 날까지 내가 해준 것은 그게 전부였다. 잘 모르겠지만 그녀는 자신의 꿈과 목회자의 아내로 사는 현실 사이 에서 사투를 벌이고 있었던 것 같다. 내 눈에 그녀는 그렇게 보였 다. 그때는 몹시 힘들어 보였는데 지금은 편안해졌는지 모르겠다.

성경책보다 그림책을 더 좋아했고 찬송가보다 영화음악을 더 좋
아했으며 여기보다 다른 어딘가를 꿈꾸던 그녀.

아침 10시부터 저녁 10시까지 일주일을 꼬박 커피를 내리던 시절
이 있었다. 빨간 벽돌로 지어진 작은 북 카페에서 나는 30대 절반
을 종일 서서 커피를 내리고 짬을 내 책을 읽었다. 세계문학전집
을 끼고 살던 10대 때보다 더 많은 책을 읽었고, 책방을 찾는 손
님 외에는 사람을 만나는 일이 거의 없었다.
처음에는 나흘 정도 근무했는데 어쩌다 보니 일하는 사람이 나만
남게 되어 종일 근무를 하게 됐다. 아침은 거르고 손님이 적은 시
간에 점심을 챙겨 먹고 저녁은 대충 커피나 우유로 때웠다. 그림
그릴 시간이 부족해 카운터 구석에 쭈그려 앉아 손님들의 뒷모습
을 그리거나 책방에 있는 그림책을 모작하며 보냈다.
그곳에서 만난 두 여인에게 성경 글귀를 적어 보내고 싶다. 비록
마음으로 보내지만, 배경음악을 첨부해서 보낸다. 두 사람이 잘
아는 그 음악을 마음에 담아.

예수께서 머물러 서서
그들에게 이르되
너희에게 무엇을 하여주기를 원하느냐

주여

우리의 눈 뜨기를 원하나이다.

-마태복음 20장 32-33절

4부

작 고 가 난 한

빚

story
31

80만 원. 틀이 굵은 캔버스와 대용량 물감 그리고 호수 높은 붓들을 사기 시작한 것은 모두 은행 빚 80만 원 때문이다. 은행에서 독촉 전화가 걸려오고 나는 80만 원을 만들기 위해 휴대전화 버튼을 누르고 누군가에게 애걸복걸하고 다시 시름에 잠기고……. 이렇게 말하고 나니 내 가난의 시계가 그 무렵 멈춘 것처럼 느껴지지만, 빚의 더미는 지금도 일정한 부피를 유지할 뿐 사라지지 않고 있다. 그러니까 나는 아직 빚더미 인생을 청산하지 못했다는 뜻이다.

친구에게 돈을 빌려 은행 빚 80만 원을 막고 나니 이번에는 그 돈을 갚을 길이 아득했다. 내 그림을 받아준 출판사가 한 군데도 없던 시절이었기에 친구의 돈을 갚을 방도를 찾아야 했다. 물이 새기 시작하는 댐 앞에 서 있는 기분이었다. 갚을 방도도 없이 빚을 얻고 심각한 자괴감에 빠졌다. 머리카락도 그때 빠지기 시작한 것이 아닐까. 나는 탈모 시점을 그 무렵 어디쯤으로 여기고 있다.

지금도 가장 이해하기 힘든 것은 빚을 갚기 위해 그림을 팔겠다고 생각했던 그 시절 내 머릿속이다. 그림이라는 게 만들어 놓으면 팔리는 공산품도 아닌데 나는 왜 그런 방법을 생각했을까, 아무튼 나는 바닷가에 낚싯대를 드리우고 앉아 찌가 움직이기를 기다리기로 했다. 그림을 그리고, 그린 그림을 싸 들고 홍대 일대의 가게를 돌며 전시를 시작했다. 카페에서 시작해 선술집 그리고 호프집, 도서관 등 장소를 가리지 않고 전시를 했고 그림 판매에 열을 올렸다. 그러던 어느 날, 낚싯대 끝이 흔들리기 시작했다. 처음으로 15만 원짜리 그림이 팔린 것이다.

그때부터 종종 그림이 팔리면 찌가 아니라 내 몸 어떤 근육이 파르르 떨리는 것 같았다. 신기했다. 나를 돕기 위해 그림을 산 몇몇 지인들을 제외하면 모두 얼굴 한 번 본 적 없는 사람들이었다. 물론 나는 물건을 팔고 누군가는 필요에 의해 대가를 지급한 것이니 코가 땅에 닿게 감사할 일이 아닐 수도 있다. 하지만 80만 원 때문에 짜부라든 나의 마음을 부풀게 해준 고마운 인연들이다.

영등포에 아파트 붐이 일던 때였다. 100만 원 때문에 아파트 입주를 포기하고 연립주택으로 이사하던 날, 엄마는 커다란 보자기에 목화솜 이불을 욱여넣으며 돈을 빌려주지 않은 시어머니 흉을 봤다. 그날 조선 팔도에서 가장 비정한 시어머니가 된 할머니 덕분에 우린 얼마 지나지 않아 작은 상회를 갖게 되었다. 가게도 없이 남의 짐만 나르던 부모님께 간판을 달고 손님을 부를 수 있는 상회가 생긴 것이다. 연립주택으로 이사하고부터 더욱 이를 악물고 버틴 부모님의 노력 때문에 가능한 일이었겠지만, 할머니의 외면이 한몫했다는 사실을 이제는 엄마도 인정하는 눈치다.

어린 나에게도 몇 가지 좋은 일이 생겼다. 나무가 보이는 작은 방이 생겼고, 꼴 보기 싫은 같은 반 아이와 한 아파트 단지에 살지 않아 좋았다.

'때문에'를 '덕분에'로 여기라는 말이 있다. 좋아하는 글귀라고 말하긴 어렵다. 악에 받쳐 뭔가를 해내야 하는 상황을 무조건 긍정하기란 쉽지 않은 일이다. 게다가 과정이 생략된 결과 위주의 사고방식이 아닐까 하는 의문도 든다.

'때문'과 '덕분'의 사전적 의미를 헷갈리지는 않지만 가끔 그 사용이 헷갈릴 때는 있다. 때문이든 덕분이든 나를 힘들게 한 80만 원이 지금은 고맙게 느껴진다. 30대 초반, 무더운 어느 여름날 나의 등골을 서늘하게 했던 80만 원 덕분에 여기까지 왔다. 그림을 판 돈으로 혼자 소책자를 만들고 출판사의 전화를 기다리며 30대를 보냈다. 여기까지 왔다, 라고 썼지만 '여기'가 무엇을 의미하는진 잘 모르겠다.

마음씨 넉넉한 편집자 친구의 격려로 새로운 시도를 담은 책을 준비하는 지금 이 시점을 말하는 것이라면 그래, 이게 다 80만 원 덕분이지.

요즘 공부방 아이들과 '나만의 그림책'을 만든다. 일주일에 한 번,
재료비라도 벌어볼 요량으로 시작한 공부방 미술수업이 이제 겨
울을 앞두고 모두 끝난다. 나만의 그림책은 미술수업의 마지막 과
정이다.

등장인물을 정하고 그럴듯한 이야기를 만들고 마지막으로 책의
제목을 정하는데 자꾸 웃음이 나와서 혼났다. 아이들은 자신이 진
지할 때 어른들이 웃어버리면 실망하는 경우가 종종 있어 속으로
만 웃었다.

초등학교 3학년 지연이가 '빙그레 동네와 빗방울 마을의 해피엔
딩'이라는 제목을 짓고 '마을'과 '동네'가 어떻게 다른지 진지하

게 설명했다. 언제나 까만 지렁이만 그리던 형욱이는 색동 지렁이를 그려 나를 감동시켰다. 칼이나 총만 그리던 민혁이도 구름 사이로 지나가는 비행기를 그렸다. 무엇보다 나를 울컥하게 한 아이는 '모두 나를 싫어해요. 그래서 난 귀신이 되었어요'를 그린 형준이었다. 바라봐주는 사람이 없으면 귀신이 되는 나라에 사는 주인공이 사람들이 사는 나라로 떠난다는 내용은 그림책 작가인 나를 숙연하게 만들었다.

아이들의 하얀 가르마가 형광등 불빛에 빛나고 있었다. 진지하고 당차게.

내년이면 대기업의 공부방 후원이 중단된다. 공부방은 목사님 내외와 두 명의 자원봉사자가 운영한다. 목사님은 이제 양푼에 밥을 비벼 먹던 옛 시절로 다시 돌아가야 한다고 했다. 후원금이 중단되면 일단 교육사업이 중단되고 아이들에게 먹일 식재료와 간식이 중단된다. 앞으로 공부방은 오직 교회 헌금만으로 꾸려 나가야 한다. 가난한 교회에서 주말마다 기적이 일어나길 기도해달라는 목사님의 농담을 나는 성경의 한 구절처럼 묵묵히 듣고 있었다.

나는 예수도 석가도 흠모한 적이 없다. 하지만 자신이 섬기는 신의 뜻을 올바로 이해하고 끝내 행동으로 옮기는 무모한 사람들을 믿고 싶을 때가 있다. 내가 만난 목사님 내외분이 바로 그런 사람들이다.

아이들과 두런두런 둘러앉아 나만의 그림책에 제목을 붙이고 이야기를 만들면서 곶감처럼 빼먹던 미술시간도 이제 끝을 향해 가고 있다. 소매 끝이 너덜너덜한 두꺼운 겨울 내복을 입고 썩은 이를 드러내며 웃는 녀석들을 보며 나와 나의 형제들이 보낸 유년의 어느 날들이 자잘하게 떠올랐다. 나를 선생님이라고 부르는 이 아이들도 어떤 시간을 기다리고 있겠구나 생각하니 측은한 마음이 들었다.

한밤중 쥐들이 드나들던 흙벽 사이에 발가락이 끼어 잠이 온데간데없이 달아났던 시절, 나의 부모는 늘 바빴다. 나는 특별한 날이면 그들의 부재를 더 크게 느낀 것 같다. 운동회 날이면 보는 사람이 없어 다행이라고 스스로 위로하며 멍청하게 부채춤을 추었고, 전학 온 첫날 부모님 대신 남동생 손을 꼭 잡아주었다.

쓸쓸한 유년의 날들이 빨리 지나가고 뭐든 내 마음대로 할 수 있는 어른의 시간이 오기를 기다렸다. 얼굴에 비누칠을 하고도 눈을 뜰 수 있는 용감한 어른이 되면 가난도 외로움도 어떤 수치심도 어린 나를 떠날 줄 알았다.

하지만 아이들과 미술 공부를 하며 살아가는 어른이 되었는데도 달라진 게 별로 없다. '시간'을 견디는 방법을 아이들 스스로 알아가리라 믿는다. 선생이란 작자는 오늘도 이렇게 뻔한 소리밖에 못한다.

"그림을 망치더라도 중간에 포기하지 말자. 지치고 피곤하면 잠깐 쉬어가도 좋으니 꼭 그림은 마무리하자."

수업 첫날 아이들에게 했던 당부였다.

아이들 입가에 묻은 곰보빵 부스러기를 떼어주며 이제 그 말 대신 다른 말을 찾아야 하지 않을까 생각했다.

살다가 힘들고 지친 날이 있을 거다. 그래도 포기하지 말고 끝까지 참고 견디라고……. 하지만 말 대신 아이들이 만든 '나만의 그림책'을 건네주고 싶다.

여기를 지나 다시 어딘가 그리고 엉금엉금 선 하나 긋고 또 동그라미 그리고 또 무엇이 있을까? 바흐의 푸가가 아름다운 선율을 위한 반복이라면 우리의 노력은 대체 무엇을 위한 무한 반복일까?

후원 사업이 중단되면 나도 일자리를 잃게 된다. 아이들에게 마지막 인사를 건네야 하는 것도 쉬운 일은 아니다. 현실적으로 보면 아이들에게 더 좋은 기회와 더 많은 경험을 주기 위해 어떻게든 후원 사업을 이어가야 한다. 하지만 물질적 풍요가 주는 경험에도 한계는 있으며 아이들의 삶의 방향을 정하는 결정적인 요소도 아니다.

'모두 모두 행복하게 살았어요'라는 그림책의 결말처럼 어려운 문제들이 쉽게 해결되지는 못할 것이다. 하지만 아이들이 만든 '나만의 그림책' 속 주인공들처럼 느리고 엉뚱하더라도 삶의 과정 안에서 각자의 방향을 느꼈으면 좋겠다. 나도 아이들도.

늦은
이
해

story
33

나는 1975년생이다. 내가 투표권을 갖게 된 후 네 차례 정권이 바뀌었고 서른이 되기 전 한일 월드컵을 구경했으며 사는 동안 백화점이 무너지고 다리가 끊어지고 어이없이 배가 침몰하는 참사를 목도했다. 서태지와 아이들이 나타났다가 사라졌고 흠모하던 프레디 머큐리가 세상을 영영 떠났다.

세상은 언제나 만 개의 슬픔 끝에 겨우 단 하나의 기쁨과 희망을 노래한다.

모두 1975년생만이 겪은 특별한 사건이라고 말하긴 어렵다. 수학능력평가를 처음 보던 세대라는 특징이 유일한 '특별함'에 속한다. 고등학교 2학년 때, 수능을 위해 몇 차례 모의시험을 치렀고

논술을 대비한 토론시간이 생겼다.

내가 영등포에서 여학교를 다니던 시절의 일이다. 그날 우리 반 아이들은 말도 안 되는 수준 미달의 토론주제를 먼 산 바라보듯 하고 있었다. 수도권 교통 혼잡에 관한 토론이었는데 주제도 이상했고 아이들도 대충 시간을 때우려는 심사로 멍하니 앉아 있었다. 그런데 교실 맨 뒤에 앉아 있던 M이 일어서더니 "교통이 혼잡한 시간대에 노인들이 외출을 삼가시면 어떨까요?"라고 말했다. 바쁜 직장인들이나 학생들에 비해 할 일이 적은 노인들이 마음 좋게 양보하면 교통 혼잡을 줄일 수 있다는 게 M의 의견이었다.

나는 어이가 없었다. 평소에 별로 좋게 생각하지 않았던 M이 그날은 유독 더 싫었다. M은 이기적인 성격의 소유자였고 재미없는 수다를 늘어놓는 아이였다. 내가 만약 M과 법정에 서야 한다면 끝없이 반론을 제기했을지도 모른다.

사람은 누구나 늙는다, 늙은 사람에게는 바쁜 일도 없단 말이냐……. 당시 M의 의견에 내가 늘어놓은 반론은 비논리적이고 대체로 감상적인 내용이었던 것 같다. 진짜 하고 싶은 말은 '너도 늙는다'였겠지.

내 예언처럼 M도 늙었다. 그리고 요리사가 되었다. 고등학교 졸업 이후 우연이라도 M을 만난 적이 없었다. 그녀의 블로그를 보며 예상하지 못한 사람을 마주한 놀라움과 그녀 얼굴에 남아 있는 열여덟 살 소녀의 모습이 반가웠다. 그녀의 블로그 메인 화면에 '사랑하는 사람을 위해 요리하는 여자'라는 문구를 보니 그녀답다는 생각이 들었다. 사랑하는 사람과 좋은 음식을 나눠 먹을 때가 가장 행복하다는 뜻이겠지.

나는 그렇게 M의 글귀를 이해하려고 한다. 만약 내 이해가 그녀의 속뜻과 맞닿는다면 그 문구는 참 좋은 문장이라고 여겨진다. 적어도 내 경험상 좋아하는 사람에게 좋은 음식을 대접하고 싶은 심리는 굳이 심리학 이론을 빌리지 않더라도 정확한 사랑의 증후니까.

기다리던 첫 책을 내고 바다를 보러 갔다. 봄 바다는 생각보다 고요했고 나는 기대보다 행복했다. 내게 전화를 걸어 바다를 보자고 했던 사람이 아니었다면 보기 힘든 봄 바다구나 싶어 내심 상대에게 고마워하고 있었다. 그는 내게 밤하늘의 별을 보는 방법과 두부요리가 일품인 밥집의 위치를 알려주었다. 산사의 절경을 구경할 수 있는 시기도 세심하게 말해주었다.

소리 없이 저물어가는 4월 중순의 오후.

밥집을 나선 우리는 바다를 보기 위해 다시 차에 올랐다. 배가 부른 나는 앞니 없는 할머니처럼 졸았고 그는 조심스럽게 차선을 변경했다. 나는 모든 긴장을 내려놓고 그가 몰고 온 미풍을 느끼고 있었다.

그는 역광을 받으며 서 있는 전신주를 좋아한다고 말했고 나는 해를 등진 능선의 빛깔이 마음에 든다고 말했다. 각자 다른 사물을 지칭했지만 우리가 정작 마음에 들었던 것은 함께 보내는 지금 이 '순간'이었는지도 모른다.

늘 같은 시간에 눈을 뜨고 방구석을 청소하고 보리차를 끓이고 어제와 다르지 않은 찬으로 밥상을 차리고 구형 컴퓨터의 자판을 두드리던 내가 누군가와 함께 밤하늘의 별에 관해 이야기하는 것이 어쩐지 어색하고 낯설었다.

언젠가 퇴적물이 쌓여 섬이 되어버린 강 위에 작은 흙더미들을 바라본 적이 있다. 흙더미 위로 작은 풀도 자라고 나무도 자라고 새도 날아와 앉았다 떠났다. 그것은 나 같은 구경꾼들이 주는 눈길을 느끼며 유유히 강물 위에 떠 있었다. 흐르는 대로 내버려두어도 좋을 감정들이 쌓여 내 안에 섬이 생긴다면 그냥 평범한 퇴적물로 이뤄진 섬이었으면 좋겠다. 꽃도 피고 나무도 자라고 바람도 불고 누군가의 눈길도 받으며 평범하고 안온한 섬이었으면 좋겠다.

10년을 부지런히 나의 안부를 묻던 그에게 고맙다는 말을 못했다. 뒤늦게 그의 아이디가 '꿈꾸는 섬'이라는 것이 기억났다.

몰랐으면 좋았을 것을 나는 또 뒤늦게 알게 되었다. 외로운 나에게 봄 바다를 보여줬던 사람의 마음을, 자꾸만 내 쪽으로 밀려오던 두부 요리가 담긴 접시가 무엇을 의미했는지 뒤늦게 알아버린 것이다. 그는 나에게 철 이른 바다가 아니라 언제고 고소한 두부 요리를 맛보여주고 싶었나 보다.

오지 않은 것들을 기다리느라 인생의 반절을 허비했고 뒤늦게 많은 것들을 깨닫느라 남은 반절을 흘려보냈다. 나란 사람의 인생은 늘 이런 식이다.

M이 자신이 써놓은 글귀처럼 살고 있다면 어쩐지 행복한 사람이라는 생각이 든다. 좋아하는 사람을 위해 무언가 하고 싶어지는 마음이 그 증거가 아닐까. 지금 이 글을 쓰고 있는 카페 유리문을 통해 1,000원짜리 김밥을 파는 아주머니가 보인다. 양손에 두유를 움켜쥐고 카페 문 앞을 서성이고 있다.

아주머니 곁에는 회색 점퍼를 입은 중년의 사내가 '그냥 먹어도 된다'며 한사코 카페 안으로 들어가려는 아주머니를 붙잡고 있다. 두유를 따뜻하게 데워 일터로 떠나는 남편에게 먹이고 싶었던 아내의 소망은 결국 이뤄지지 않았다. 김밥을 파는 아내는 두 손으로 두유를 더욱 세게 움켜쥔다.

오늘 내가 본 사랑은 그랬다. 여인의 두 손 온기만큼 데워진 두유.

딱 그만큼 누군가에게 나눠줄 온기가 나의 두 손에도 남아 있기를 바란다. 끝내 따뜻해지지 못하더라도 용감하게 움켜쥐는 인내이길 바란다.

아
버
지

아침 산책을 나섰다. 228-5번지 근처에는 산책할 만한 곳이 없어 버스로 서너 정거장 거리에 있는 Y대 교정까지 걷는다. 하지만 오늘은 윗동네 작은 마트에 유통기한이 임박한 우유를 떨이로 파는 월요일 아침이라 마트까지 걷기로 했다.

굴다리 입구 트럭에서 갓 튀겨 파는 강냉이 한 봉을 사려고 지갑을 뒤적이고 있는데 어디선가 퍽퍽하며 무언가 바닥에 내던져지는 소리가 들렸다. 뻥 튀겨 드립니다, 라고 쓰인 선간판 뒤쪽을 보니 생선과 채소를 파는 트럭 앞에서 커다란 동태 한 짝을 맨땅에 내리치고 있는 상인의 모습이 보였다.

동태 한 짝이 통으로 얼어붙어 어쩔 수 없이 바닥에 내리쳐 덩어

리를 쪼개야 할 상황이 벌어졌던 모양이다. 상인의 애타는 마음도 몰라주고 꽝꽝 얼어붙은 동태들은 서로 떨어질 줄 몰랐다. 슬쩍 곁눈으로 보니 팩에 담긴 버섯이며 청경채 같은 채소들도 얼어서 상황은 동태랑 별반 다르지 않아 보였다.

한국상회의 상추랑 쑥갓도 추운 날씨에 곧잘 얼어버리곤 했다. 채소들은 날이 더우면 쉽게 상해서 고약한 냄새만 남기고 문드러져 버렸다. 더운 날에는 채솟값이 싼 편이라 다행이지만 날이 추우면 비싼 값에 사들인 채소들이 얼까 봐 한국상회 사장님은 쪽잠마저 포기해야 했다. 동태 한 짝을 맨땅에 내동댕이치는 상인의 모습을 보니 오랜만에 한국상회 사장님, 나의 아버지의 한숨 소리가 들리는 듯하다.

나의 아버지는 쌀을 파는 아비 밑에서 자라 자신은 뼛속부터 상인이라고 자부했지만 그건 어디까지나 자기 위안에 지나지 않았다. 아버지는 악착같이 버텨야 할 때는 한발 물러서고 한발 양보해도 좋을 때는 악착같이 버텼으며 남들과는 다른 셈법을 가진 어딘가 엉성한 상인이었다.

산골에서 일곱 남매와 함께 나고 자란 생활력 강한 그의 아내에 비하면 한없이 약했다. 아버지는 이른 새벽 끌려가는 소처럼 눈을 뜨고, 피곤하고 당혹스러운 눈빛을 하고 집으로 돌아오기 일쑤였다. 나의 아버지는 점점 웃어야 할 때 웃지 못하는 중년 남자가 되었다. 강한 가장의 모습을 보이려고 노력했지만, 부실한 체력과 예민한 신경 때문에 종종 뜻하는 바를 이루지 못하고 옹색하게 무너졌다. 변신 중이던 배트맨이 무거운 갑옷에 눌려 휘청대는 형국이랄까.

물건값을 치르기 위해 준비한 거금을 어이없이 잃어버리고, 함정 단속 나온 교통경찰관에게 신호위반으로 덜미를 잡히고, 어쩌다 끼어든 인간관계 안에서 자신과 다른 속내를 가진 사내들에게 내동댕이쳐지기 일쑤였다. 큰마음 먹고 베푼 호의는 깊은 배신으로 돌아왔고, 호방하게 건넨 친절도 제값을 받지 못했다.

3남 1녀 중 어미에게 가장 사랑받지 못한 장남이었고, 먹고사는 것이 곤궁해 그런 어미에게 갓 돌 지난 첫딸을 부탁해야 했으며, 어린 첫딸을 보기 위해 대전발 통일호에 몸을 싣고 서서 자는 법을 배웠다. 어린 두 자식이 동석한 날에는 바나나우유 하나에 빨대 두 개를 꽂아 주고는 체한다며 천천히 마시라 당부했다. 그는 빨대를 쪽쪽 빨아대던 자식들이 기대와 다르게 커가는 것을 보며 가슴팍에서 탄내를 맡았으리라. 동짓날 밤처럼 길 줄 알았던 인생이었는데 스스로 꼬리를 자르고 도망가는 도마뱀처럼 허망하게 흘러갈 줄 몰랐다고 말해도 좋을 텐데, 들어주는 이가 없어서인가 인생에 대해 아무 말도 하지 않는 늙은 아비가 되었다.

이제 나의 아버지는 연속극을 보다 우는 할아버지가 되었고 스스로 거상이라는 그물에서 자신을 놓아주었다.

생선 냄새를 싫어하는 아버지는 비린 맛이 빠진 음식은 시시하게 여기는 엄마 때문에 좀약을 집 안 곳곳에 두고 지내다가 결국 그 독한 냄새가 아버지 특유의 냄새가 되어버렸다. 나는 이 이야기를 글로 쓴 적이 있다. 문예지에 응모했지만 떨어졌다. 아버지는 부모에게 제대로 사랑을 받지 못한 사람이었다는 이야기를 글로 썼다. 단편소설 공모전에 응모했다가 물먹었다. 아버지가 운전하는 차를 타고 양화대교를 건너던 날을 시로 만들었다. 변변한 파일명도 없이 쓰레기통으로 사라졌다.

이제 이렇게 몇 줄 남긴다.

당신은 내가 노력하지 않고 얻은 유일한 행운.
나의 팔자에 가장 빛나는 인연.
당신은 나를 위해 날개를 두고 발로 나는 새.
나를 위해 원치 않는 포식자가 되는 불쌍한 짐승.
당신은 내가 아는 가장 쓸쓸한 이야기.
내가 함부로 끝내지 못하는 연속극.

내가 부르는 가장 슬픈 돌림노래.

엄마

story
35

5층짜리 건물 위로 낮달이 보인다. 낮달을 보면 행운이 찾아온다던데 어떤 행운을 바랄까 고심하며 택시를 잡아탄다. 택시 안에서는 공영방송국에서 송신하는 프로그램이 흘러나오고 때마침 내가 좋아하는 김승옥 선생의 「서울의 달빛 0장」이 낭송되고 있다. "아내였던 여자"에 대한 회상 장면을 소상하게 묘사하는 대목이어서 두 귀를 활짝 연다.

낮달은 택시가 방향을 바꿀 때마다 나타났다 사라지기를 반복하고 나는 눈으로 숨바꼭질을 한다. 행운이 정말 오려나 싶어서 마음이 슬쩍 공중부양을 하는 것이 아닌가.

상권이 좋지 않은 동네 어귀에 "평생 월세가 따박따박"이라는 현수막이 붙어 있는 건물이 보였다. 귀엽지만 허망한 문구라고 생각했다. 김승옥 문장에 비하며 천박한 문구라고 생각했다.

엄마와 식탁에 앉아 아버지 칠순 때는 따뜻한 섬으로 여행을 떠나자고 약속했다. 사느라 바빠 가족여행 한 번 못 갔으니, 우리 꼭 그러자고 했다. 살다 보니 이런 날도 오는구나 싶었다. 행운이 정말 왔구나 싶었다. 엄마는 기분이 좋은지 계속 큰 소리로 말한다. 엄마는 계속 큰 소리로 말하고 있었다. 엄마는 소리를 잃어가고 있다. 반만 남은 엄마의 청력은 행운이 아니라 기적을 바라기에도 너무 늦어버렸다. 따박따박 행운이 찾아와도 엄마의 청력은 돌아오지 못한다. 아내였던 여자가 아니라 아직도 아내이고 엄마인 이 여인은 세상의 모든 소리가 반만 들린다. 행운이나 바라던 무능한 나는 손바닥으로 얼굴을 감싼다.

연애는 어른들의 장래희망이라고 하더라.

어디서 들었는지 기억나진 않지만 난 이 말이 재밌어 함께 저녁
을 먹던 친구 내외에게 말했다. 그래서 너희 둘은 서로의 장래희
망이었냐고 물어보려다 관뒀다. 서로의 입에 초밥을 넣어주느라
내가 건넨 말엔 별 관심 없어 보였다. 그들은 이미 장래희망을 이
룬 모양이다.

"난 연애를 하면 저녁 먹고 애인이랑 배드민턴을 치고 싶었어."

내가 접시 위에 작게 부서진 밥알을 젓가락 끝으로 모으며 말했
다. 생선을 얹지 않은 맨밥 덩이를 입에 넣었다. 별맛이 없었다.

내가 배드민턴 이야기를 하자 친구 남편이 지병으로 고생하다 돌아가신 자신의 아버지 이야기를 꺼냈다. 아버지가 돌아가시기 몇 달 전 딱 한 번 배드민턴을 쳤는데 다리에 힘이 없어 그 자리에 주저앉고 말았단다. 아버지가 건강할 때 배드민턴을 즐겨 치셨냐고 물었다.

"아니, 그냥 우리가 치니까 한번 쳐보고 싶으셨나 봐. 배드민턴이 왜 보기엔 쉬워 보이잖아. 건강해지시면 다시 치자고 내가 그랬지. 그런데 우리 아버지가 꼭 해보고 싶으신 건 따로 있었어."

그게 뭐냐고 내가 다시 물었다.

"밤낚시."

그의 아버지는 밤낚시 역시 한 번도 하신 적이 없었다고 한다. 남들이 밤낚시를 가면 그게 얼마나 재밌는 일일까, 혼자 생각만 하셨다고. 병이 다 나으면 꼭 그 궁금증을 풀어보겠다며 낚싯대를 샀는데 끝내 포장 그대로 남겨두고 떠나셨단다.

"그 낚싯대가 아직 내 트렁크에 있어. 못 버리겠더라고……."

누구였더라, 내게 이 비슷한 말을 했던 사람이.

"돌아가신 분 물건이지만 차마 못 버리겠더라고……."

양띠 여인이었다. 양띠 여인이 내게 건넨 물건은 비닐도 뜯지 않은 두 자루의 붓이다. 생전에 그림을 그리셨던 아버지의 유품이다. 나는 감사히 잘 쓰겠다고 말했다.

투명한 비닐 안에 일본산 마크가 새겨진 빨간 붓을 보자 생각이 깊은 우물을 파기 시작했다. 불편한 다리로 어렵사리 찾은 화방에서 빨간 일본산 붓을 사 작업실 책상 위 붓통에 꽂아두고 내일은 무엇을 그릴까 고민하는 어느 노화가의 모습을 상상했다.

오늘 같은 내일이 온다면 그림을 그리고 싶었을 노화가의 바람이 두 자루의 붓으로 남은 것이다. 양띠 여인이 준 붓에서 비닐을 벗기고 붓털 끝을 손가락으로 살짝 눌렀다. 새 붓에는 붓털을 가지런히 모으기 위해 풀칠이 되어 있는데 조금만 힘을 줘서 누르면 털들은 부드럽게 풀린다. 새 붓으로 그림을 그렸다.

얼굴이 서로 닮은 두 남녀가 입가에 미소를 머금고 서 있는 그림이다. 친구의 결혼을 축하하며 그린 그림인데 신랑 신부 마음에 들지 모르겠다.

붓은 종이 다음으로 소모가 큰 미술재료다. 시간이 지나면 붓털은 힘이 빠지고 부피가 줄어든다. 양 갈래로 조금씩 벌어지고 쓸모를 다하게 된다. 그럼 나는 새 붓을 사고 또 그림을 그린다. 내가 기억하는 영등포를 그리기 위해 몇 개의 붓을 샀다. 새 붓으로 영등포를 그리고 또 다른 그림들을 그리겠지. 시간이 지나 나도 몇 개의 붓을 남기고 떠난 사람이 될 수 있을까?

일식집에 둘러앉아 나는 친구 내외에게 장래희망을 물으려다 멈칫한다. 그리고 밤 낚시터에 혹시 모기가 많지는 않을까 염려하며 언젠가 함께 가자고 말한다. 친구의 남편이자 이제 나의 친구인 그가 비어 있는 나의 옆자리를 슬쩍 본다.

장래희망이란 어릴 적 설문지에서나 볼 법한 단어지만 그래도 마흔이 넘은 나에게도 누군가 장래희망을 물어왔으면 좋겠다. 그날이 그날인 일상이 지겨울 것이라 예상했었는데 이 글을 쓰고 있는 지금은 생각이 좀 달라졌다. 오늘 같은 내일이 있다면 부푼 마음으로 장래희망을 이야기하고 싶다.

나의 장래희망은 연애다. 그러니 나를 안타깝게 바라보는 친구에게 말해주고 싶다.

나는 아직 괜찮다고.

국경을 넘는
아이들

story
37

'빨래를 끝내고 얼굴에 로션이 마르기 전까지 스케치북에 짧은 그림일기를 쓸 것.

내가 칠판에 앞으로 해야 할 일을 쓰고 나니 여기저기서 한숨이 새어 나왔다. 숙제하기 싫은 아이들의 마음은 이해하지만 어쩔 수 없었다. 6개월 동안 아이들과 작은 작품집이라도 만들려면 이 방법밖에는 없었다.

일과를 마치고 기숙사로 돌아가면 이 아이들에게는 다른 일과가 시작된다. 부모와 떨어져 지내는 아이들은 그날그날 청소와 빨래를 하고 어린 동생들의 숙제를 봐줘야 한다.

바쁜 아이들에게 어른들의 일정을 강요하는 것이 억지라는 것을 알면서도 나는 아이들의 불만을 외면했다. 일상에서 그림을 쉽고 편하게 접하자는 허울 좋은 교육 목표가 있었지만 실은 아이들의 결과물을 센터를 후원하는 기업에 보이기 위함이 더 컸다. 한 해 두 해 아이들을 가르치며 나는 노련한 선생의 모습과는 점점 멀어져만 갔다. 무능한 주제에 결과만 중시하고 일정에 쫓겨 늘 허덕이는 보따리장수에 불과했다.

S동에 있는 탈북청소년센터 아이들을 만난 그해 여름, 보따리는 유난히 무거웠고 나는 지쳐 있었다. 지금도 이렇게 핑계와 변명으로 문장을 꾸려나가고 있다.

아이들은 일주일에 한 번 부모님을 만나러 센터 밖을 나가는 것을 제외하고는 대부분 시간을 센터 안에서 보낸다. 일반 중고등학교에 다니고 있지만 그들은 그곳에서도 언제나 이방인이다. 이북 사투리를 감추고 중국어를 쓰지 않아도 그들은 남한 아이들과 떡볶이를 먹으러 갈 수도 없었고 이어폰을 나눠 끼지도 못했다.

학교에서 돌아온 아이들은 간식을 입에 물고 미술수업을 해야 했다. 나는 지친 아이들과 눈을 맞추는 일이 어색해서 좋아하는 가수 이름을 묻거나 어제 본 드라마 속 주인공이 입맞춤을 했는지 따위를 물어봤다.

강의계획서대로 수업을 진행해야 하는데 순조롭지 않았다. 아이들이 그림 그리는 일을 생각보다 어려워했기 때문이다. 시간이 지나 그 원인을 알게 되었다. 아이들은 자신들이 그린 그림이 심리 치료 자료로 쓰이는 줄 알았던 모양이다. 매번 엇비슷한 심리치료 과정과 작은 낙서 하나에도 민감하게 반응하는 어른들에게 염증을 느끼고 있었다. 자신만의 사인과 암호를 갖고 싶어 하는 나이라는 것을 어른들은 외면했던 것이다. 나에게 너희들의 심리를 보여줄 필요가 없다는 것을 어떻게 알려줘야 할지 몰라 난감했다.

그다음으로 어려운 문제는 바로 언어였다. 태어나 많은 시간을 중국에서 보낸 아이들은 한국어가 서툴렀다. 한국어가 서투른 아이들과 중국어를 전혀 모르는 나. 통역을 맡아주던 열일곱 살 향이가 없었더라면 마지막 수업까지 완주하지 못했을지도 모른다.

연예인이 되는데 그림이 왜 필요하냐고 중국어와 한국어를 섞어가며 대드는 예린이를 중국어로 차분히 달래주던 향이.

수업을 마치고 돌아가려고 신을 신고 있는 나에게 향이가 다가왔다.

"선생님, 예린이가 참 착한 아인데 머릿속으로 생각한 걸 말로 잘 표현을 못 해요. 답답하면 무조건 중국말로 소리부터 질러요. 답답해서 그런 거예요."

나는 향이가 고마웠다. 예린이와 나를 동시에 걱정해주는 마음이 고마웠고, 나를 말 안 듣는 학생 때문에 힘들어하는 선생으로 여겨주는 게 고마웠다.

그 무렵 출간을 앞둔 책이 여러 문제에 걸려 영 지지부진한 상태였다. 인간관계도 내 마음과 다르게 엇나가고 있었고, 이래저래 아이들에게 마음을 쓰지 못하고 있었다.

향이의 어깨를 두드려주고 나의 낡은 운동화 끝을 바라봤다. 월급을 받으면 새 운동화를 사기로 마음먹었다.

여름과 가을을 넘기고 초겨울이 다가왔다.

나와 아이들은 유행가를 따라 부르고 최신식 핸드폰으로 사진도 찍고 그림도 그리며 조금씩 거리를 좁혀가기 시작했다. 아이들이 내게서 무엇을 배웠는지 모르겠지만 나는 아이들의 그림을 통해 많은 것을 배웠다.

중국 문화에 익숙한 아이들은 그림에 붉은색을 자주 사용했다. 가끔 그림 옆에 한자로 제목을 쓰거나 시를 쓰는 아이들도 있었다. 내가 무슨 뜻이냐고 물으면 향이가 친절하게 알려 주었다.

시간이 흘러 발표회를 앞두고 있던 어느 날, 나는 작품집을 만들기 위해 그동안 모아둔 아이들의 그림일기를 찬찬히 살펴보았다.

그곳은 힘들고
이곳은 외롭다.

글귀와 함께 나무 밑에서 울고 있는 여자아이를 그린 열아홉 살 미희.

보고 싶은데 왜 만나지 못하나요?

쓴 글 아래 엄마의 손을 그린 민희.

문신 기술자가 꿈이지만 선생님이 싫어해서 고민이다.

글귀 옆에 그림 대신 'ㅎㅎㅎ'을 써놓은 훈이.

20년 후 자신에게 쓰는 편지에

향이야, 지금은 누군가에게 사랑받고 있니? 아직도 짝사랑만 하고 있니?

고백한 향이까지.

어디에 있어도 늘 이방인일 수밖에 없는 아이들. 쉽게 주눅이 들고 자신의 감정을 표현하는 일에 서투른 그 아이들. 지금 돌아보면 그때 나에겐 국경을 넘어온 아이들에 대한 호기심이 있었는지도 모르겠다. 현실의 나는 그림 몇 장으로 아이들을 판단하려 드는 다른 어른들과 크게 다르지 않았다. 아이들을 위하는 마음은 어쩌면 그들에 비해 덜했을지도 모른다.

일기형식의 특성상 아이들의 동의를 얻은 그림과 내용만 책에 실었다.

발표회 날이 왔다.

센터 거실에 모여 저학년 친구들이 공연하는 연극을 감상했다. 어린 동생들의 서툰 연기에도 미술반 친구들은 물개박수를 치며 좋아했다. 다음 순서로 내가 만든 영상물을 공개했다. 아이들이 수업하는 모습과 일상적인 모습을 담은 사진들을 엉성하게 편집한 것이었다. 아이들과 함께 영상물을 감상하는데 화면 가장자리에 웅크리고 앉아 그림을 그리고 있는 정남이 모습이 눈에 들어왔다. 다른 아이들은 간식을 먹으며 놀고 있는데 정남이가 혼자 구석에 앉아 화분을 그리고 있는 사진이었다. 찍을 때도 몰랐고 사진을 편집하는 동안에도 몰랐다.

사진 속 정남이는 그림일기를 그리고 있었다. 화분 무늬를 하도 섬세하게 그렸기에 따로 칭찬해준 적이 있었는데 아마도 그때 모습이 사진에 찍힌 모양이다.

정남이는 유독 내 속을 많이 태운 아이였다. 욕으로 남한말을 배웠고 그림 그리기를 싫어했다. 도화지를 찢거나 물감을 짓이기며 노려보면 나는 속으로 덜컥 겁이 났다. 향이조차 그 애의 말은 통역할 수 없었다. 반항아들을 진심이란 무기로 삽시간에 변화시키는 영화 같은 일은 현실에서는 쉽게 일어나지 않는 일이다. 아니 누군가는 가능할지도 모르지만 나는 아니었다.

정남이는 마지막 수업 날까지 크게 달라지지 않았다. 그리고 싶은 것만 그렸고 하기 싫은 날에는 소리 없이 밖으로 나가버렸다. 그래도 나와 한 약속 하나는 끝까지 지켰다. 그림일기로 스케치북 한 권을 채워온 것이다.

정남이 그림의 특징은 그림에서 이야기가 느껴진다는 점과 각종 무늬를 섬세하게 표현해낸다는 것이다. 물론 잘 그린 그림이라고 말하긴 어렵다. 하지만 묘하게 자꾸 바라보게 하는 매력이 있다. 정남이가 그린 한쪽 손이 없는 중국 스님을 한참 바라봤던 적이 있다. 센터 선생님 얘기가 중국에 있을 때 정남이를 돌봐준 스님인 것 같다고 했다.

서먹서먹한 선생과 학생으로 헤어졌지만 정남이의 마지막 말은 잊기 힘들 것 같다. 새 스케치북을 가리키며 갖고 싶다, 고 했다.

발표회가 끝나갈 무렵, 센터선생님들이 정남이에게 미술 선생님 한번 안아드리라고 말하니 녀석은 화장실로 꽁지 빠지게 도망쳐 버렸다. 기대는 안 했지만 도망까지 칠 줄은 몰랐다. 그래도 입꼬리가 슬쩍 올라간 것을 보니 많이 싫지는 않았나 보다, 나 혼자 그렇게 짐작해버렸다.

아이들이 예상외로 그림일기를 충실하게 만들었다는 것 말고는 크게 별스러울 것이 없는 미술수업이었다. 다른 센터 아이들보다 많은 시간을 함께 보내지도 못했고 가깝게 지내지도 못했다.

그런데 처음으로 눈물이 났다. 아이들과 헤어지면서 한 번도 눈물을 보인 적이 없었는데 그날은 눈물을 참느라 양미간에 힘이 잔뜩 들어갔다. 내 노력에도 불구하고 눈물이 볼을 타고 흘렀고 아이들이 나를 달래기 시작했다.

나는 아이들과 함께 보내는 동안 매 순간 머뭇거렸다. 아이들이 저녁 먹고 가라고 말해줄 때도 함께 영화를 보러 가자고 팔짱을 낄 때도 나는 머뭇거렸다. 겉은 아이들과 편하게 지내는 것처럼 보였지만 사실은 조금씩 머뭇거리고 있었다. 아이들의 그림일기가 쌓일수록 마음이 무거워졌다. 여느 또래들과는 다른 고민을 풀어놓는 아이들을 나는 어떻게 바라봐야 할지. 외로운 사람의 감정을 무장해제 시키고 나 몰라라 하는 사람이 된 것 같았다.

처음에는 그 아이들만의 독특한 정서와 감수성에 호기심을 느꼈지만, 글과 그림이 한 장 한 장 쌓일수록 내 손에 힘이 풀렸다. 국경을 넘은 사람의 마음을, 이방인으로의 생활을 호기심으로 바라봤던 나 자신이 부끄러워졌다.

기숙사 옥상에서 빨래를 널고 있는데 뭔가 이상해 하늘을 보니 별이 보이지 않았어요.
중국에서는 밤하늘이 너무 캄캄하면 무서웠는데 한국에서는 별이 잘 보이지 않아 이상해요.

문신 기술자가 되고 싶다고 말한 훈이가 자신의 팔에 유성 사인펜으로 그려놓은 무수한 별들의 의미를 그제야 어렴풋하게 알 수 있었다. 별을 보며 국경을 넘은 아이들에게 나는 무엇을 기대했던 것일까.

밤하늘의 별을 볼 때마다 너희를 생각한다고 쓰면 좋겠지만 사실
나는 아이들과의 기억을 대부분 잊어버렸다. 대신 아직 너희의 이
름은 전부 기억하고 있다고 여기 쓰고 싶다. 그게 뭐 대수로운 일
은 아니지만 그래도 이렇게 한 줄 적고 나면 무능했던 선생이 작
은 면피라도 얻지 않을까 싶은 마음 때문이다.

하얀 눈밭에 검은 점 하나가 내게로 왔다. 걸어서 왔는지 굴러서 왔는지 모르겠다. 가까이서 보니 점도 아니었다.

너였다. 수북이 쌓인 눈밭을 걸어서, 굴러서 내게로 온 너.

너는 마시지도 못하는 술을 억지로 이겨 넣어 머리끝에 알코올이 찰랑거렸고 알아듣기 힘든 말들을 중얼거렸다. 이제 모두 용서해달라고. 잘못을 한 사람은 네가 아닌데 그리고 나에게 일어난 불행도 아닌데 넌 나에게 누구를 왜 용서해달라고 하는지 알 수가 없었다. 작업실 보증금 500만 원을 고스란히 빚으로 떠안은 주제에 1원 한 푼 손해 본 게 없는 나에게 사기 치고 떠난 년을 용서하라니, 도통 앞과 뒤가 맞지 않았다.

하지만 나도 웃기지, 왜 너 대신 화를 내고 있을까? 너를 빚더미에 앉게 한 친구에게 나는 태어나 배운 주옥같은 육두문자를 모두 날려버렸다. 나는 남 일에 나서는 사람도 아니고 불의를 보면 누구보다 꾹 참는 사람인데 무엇 때문에 그렇게 화가 났을까? 작업실 보증금을 500만 원을 들고 날라버린 친구를 왜 내게 용서해달라고 애원하는지 모르겠다.

너는 좌우로 비틀거리더니 급기야 땅바닥에 주저앉아 엉엉 울음보를 터뜨렸다. 그 순간 내 인생이 참 더럽게 꼬여서 아마도 몇십 년은 풀기 어렵겠다 싶긴 했다만 이렇게 오래, 아니 어쩌면 평생을 함께할 줄은 몰랐다.

나는 차갑게 얼어붙은 네 손을 부여잡고 말했다. 그년이 제 머리카락으로 짚신을 삼아 와도 난 절대 용서 안 한다. 입으로는 조선시대에나 유행했을 법한 험한 말을 쏟아냈지만 몸은 꽁꽁 언 너를 품에 안고 있었다. 속으로 펑펑 울었다. 500만 원을 어디서 구한단 말이냐, 이 부처님 반 토막 같은 아가씨야.

기억력이 나쁜 나는 우리를 빚더미에 앉게 한 그 친구를 빠르게 잊었다. 부지런한 너는 나보다 더 빨리 잊었겠지만. 우린 열심히 아르바이트를 했고 이렇게 저렇게 돈을 융통해 빚을 갚았다. 빚을 갚고 얼마 지나 우린 영등포역 앞에 있는 삼계탕집에서 푹 곤 닭다리를 뜯었다. "나랑 작업실 같이 쓸래?" 하고 내가 물었다. 돈이

없으니 당장 있는 50만 원과 월세가 20만 원 넘지 않는 곳이 있다면 얻어보자고 했다.

그날 네가 닭다리를 들고 우물쭈물하며 이렇게 비싼 음식은 처음 먹어본다고 말하지 않았다면 언덕 위에 보증금 50만 원 작업실을 얻는 일은 내 평생 일어나지 않았을지 모른다. 작업실 바닥에 신문을 깔고 라면을 먹으며 웃는 일도 없었을지 모른다. 작업실 이사 날마다 트럭 운반비를 흥정하는 일도, 비좁은 작업실이 병들고 버려진 고양이들로 넘쳐나는 일도, 우리가 무엇을 해야 그나마 우리답게 살 수 있는지 고민하는 일도 일어나지 않았을지 모른다.

당산철교를 건너 새로운 도시에 짐을 내렸다. 그때는 몰랐는데 이제 생각하니 그날이 영등포에서 보내는 마지막 날이 되었다. 애지중지하던 오디오의 바늘도 새로 갈아주지 못했고 내 책상 서랍에 암호처럼 쓰인 일기도 그냥 두고 나왔다. 잠시 잠깐일 줄 알았는데 20년 넘도록 영등포를 떠나 다시는 돌아가지 못했다.

영등포가 등 뒤로 사라지는데 나는 뒤돌아보지 않았다.

너와 함께 재미난 일들만 가득할 줄 알았다. 과자로 만든 집을 발견하고 기뻐했던 헨젤과 그레텔처럼. 하지만 흉악한 마녀와 어두운 산길, 무서운 들짐승 소리가 기다릴 줄은 꿈에도 몰랐다.

매달 내는 월세도 만만치 않았다. 너와 내가 아르바이트로 번 돈으로는 생활비와 재료비를 대기도 빠듯했다. 나는 뭐든 잘해나갈 줄 알았는데 부모님이 주시는 밥 먹고 살 때와는 차원이 다른 생활이 기다리고 있었던 거다. 돈을 벌자니 시간이 새나갔고 시간을 벌자니 돈이 부족했다.

언젠가 어떤 장르의 영화를 좋아하냐고 물었더니 성장영화라고 답하는 너를 보며 앞과 뒤가 이다지도 똑같은 사람이 있을까 생각했다. 성장영화보다 심리 스릴러를 더 좋아하는 나는 돈 돈 하며 종종거렸고 너는 새로운 꿈을 향해 달려가고 싶어 했다.

눈밭 위에 점으로 내게 오기 전 넌 다른 무수한 점들과 다르지 않았는데, 어디서부터 어떻게 꼬였는지 어느새 나는 마음 약한 너 때문에 생긴 여섯 마리 길고양이와 여러 관계로 복잡해져 버렸다. 이기적이고 계산속이 빠른 나는 작업실에 친구들이 놀러 오는 것도 부담스러워했다. 사람 좋은 너는 오는 사람 막지 않았고 가는 사람도 한 번 붙잡아 앉혀야 직성이 풀렸다.

우린 자주 다퉜고 서로에게 등을 보이기 시작했다. 나는 뭔가를 포기하는 일에 열중하며 빠르게 지쳐갔고, 넌 부지런히 새로운 꿈을 향해 달리고 있었다. 관계의 문밖에 끝이 와 있는데 나만 손잡이를 부여잡고 열지 못하고 있었다.

추운 겨울, 너는 용달차에 짐을 싣고 떠났다. 나에게 내복 두 벌을 사주고 떠났다. 너다운 작별 인사라고 생각했다.

혼자 영화를 봤다. 영화 속 남자주인공이 마음 약하고 인심 후한 여자 친구에게 화를 내는 장면에서 이런 대사가 나왔다.

"넌 왜 사람이 이렇게 헤프니?"

"왜, 헤픈 게 나빠?"

속으로 울고 싶었는데 그냥 대놓고 울었다. 헤픈 누군가가 생각나서……. 병든 고양이를 데려오고 사정 딱한 친구의 부탁을 수락하는 데 영점 영일초도 걸리지 않으며 돈 떼어먹고 도망친 사람도 쉽게 용서하는, 내가 아는 가장 헤픈 사람.

네가 떠난 뒤 알았다. 네가 헤프기 때문에 나를 품었다는 것을. 네가 헤프지 않았다면 난 영혼의 반쪽을 찾아 다음 생에 또 태어나야 했을지도 모르는데 그런 번거로움은 가까스로 피할 수 있었다. 너와 함께 20년이란 시간을 보냈다. 그동안 너에겐 너를 닮은 룸메이트가 생겼다. 나도 이제쯤은 네게 한 점이 되었는지 모르겠다. 나는 네가 데려온 또 다른 점 하나 때문에 배꼽이 간질간질할 때까지 웃는다. 함께 먹는 저녁도 맛있고 같이 먹는 술도 달다.

어디서, 어떻게 꼬였는지 모르겠지만 어느새 여기까지 왔다. 우리 관계가 가족이란 이름으로 다시 태어났다고 믿는다. 이른바 '가족의 탄생'쯤 되지 않으려나…….

알고 있겠지만, 사랑한다.

story
39

좁은 통로를 지나면 작은 부엌이 딸린 뒷집이 나왔다. 그곳에는 우유 배달을 하던 아저씨와 예쁜 아줌마가 살고 있었다. 아저씨가 우유 대리점에 출근하면 아줌마는 온종일 학을 접었다. 천 번을 접어야만 학이 된다면 아줌마네 집에는 커다란 학이 날아다녀야 했는데 그런 일은 생기지 않았다. 아줌마는 아이를 갖고 싶어 하는 염원을 담아 종이로 학을 접었다.

사람 좋기로 소문난 엄마는 그 아줌마를 유독 싫어했다. 내가 아줌마와 함께 종이학을 접는 걸 내내 못마땅하게 생각했다. 할 일 없는 여자들이나 하는 일이라며 내가 뒷집에 놀러 가는 것을 싫어했다. 뭣 모르던 때에는 늘 바쁜 엄마가 우아한 뒷집 아줌마를 질투하는 줄 알았다. 아줌마는 상당한 미인이었다. 그리고 나에게 종종 빨간 케첩을 곱게 두른 계란말이를 해주었다. 내 눈엔 엄마는 못하는 예쁜 요리로 보였다. 엄마는 계란으로 할 줄 아는 요리라고는 멋없는 '후라이'가 전부였다. 아줌마는 달랐다. 소복한 계란찜부터 분홍소시지 부침 그리고 내가 좋아하는 김을 둘둘 만 계란말이까지 못 하는 게 없었다. 내가 엄마 배에서 급히 나오느라 '싸가지'를 챙기지 못한 탓에 하마터면 아줌마 밥이 엄마 밥보다 더 맛있다고 할 뻔했다. 아줌마가 돈가스를 만들어준 날에는 정말 집에 가고 싶지 않았다. 이제껏 먹어본 음식 중 최고의 맛이었다.

아줌마는 나를 유독 좋아했다. 붙임성이 없고 어른들 말씀에 대들기 좋아하던 나를 많이 아껴주었다. 아이가 없어 그랬는지 몰라도 내가 하루걸러 놀러 가면 서운해 하는 눈치였다.

엄마가 아줌마를 싫어하는 이유가 아이 못 낳는 여자였기 때문이었다는 걸 알고 나는 적잖이 충격을 받았다. 엄마는 생리통 때문에 배앓이를 하는 내 배를 손으로 쓸어주며 뜬금없이 지난 이야기 꺼냈다. 장맛비가 흙집 처마를 사정없이 때리는 어느 여름날이었다.

동생이 다섯 살 때 반나절 정도 동네에서 사라진 적이 있었다. 아무리 찾아도 동생은 보이지 않았고 엄마는 처음엔 나를 혼내다가 시간이 지날수록 유괴가 아닐까 초조해했다. 어떻게 얻은 아들인데……. 엄마는 미용실 아줌마 손을 잡고 나타난 동생을 부둥켜안으며 속으로 그렇게 외쳤을지도 모른다.

미용실 아줌마는 아이를 낳지 못해 소박을 맞은 여자라고 동네 어른들은 수군댔다. 미용실에서 파마 값을 깎을 때는 입속의 혀처럼 굴던 이들이 틈만 나면 혼자 사는 미용실 아줌마 흉을 보느라 바빴다.

동생이 하도 예뻐서 시장에 가 꽈배기를 사주었다는 미용실 아줌마 말을 엄마는 들은 체도 하지 않았다. 그때부터 아이를 낳지 못하는 여자들에게 인색해졌다는 엄마의 말에, 나는 학을 접던 아줌마에게 미안한 마음이 들었다. 아줌마의 방을 가득 채우고 있던 종이학을 봤다면 엄마는 후회할지도 모른다고 나는 속으로 말했다. 어쩐지 엄마가 이유 없이 불쑥 지난 이야기를 꺼낸 것 같지는 않다는 생각이 들었다. 엄마도 가끔은 학을 접는 아줌마를 애잔하게 생각했겠지.

얼마 전 주치의가 내가 복용 중인 약이 몸에 맞지 않는 것 같다며 약의 종류를 바꿔야 한다고 말했다. 약 복용에 대한 몇 가지 주의 사항을 주던 주치의가 "혹시 임신 계획이 있으신가요?" 하고 물었다. 나는 없다고 답했다. 앞으로 복용하게 되는 약은 임산부가 먹

으면 치명적이기 때문이다. 독한 약이라는 뜻이다.

사실 13년 동안 내가 복용한 약들이 대부분 독한 것들이었다. 난 이미 머리가 빠지거나 피부가 약해지거나 위장이 상하는 다양한 부작용들을 경험했다. 그래서 임산부가 먹으면 치명적이라는 약에 대해서 나 자신이 무감각할 줄 알았다. 병원을 나와 산책로를 걸었다. 나는 결혼도 하지 않았고 아이를 낳고 싶다는 열망도 없는 사람이다. 몹쓸 병에 걸리고 독한 약을 먹고 점점 뭔가 남들과 다른 사람이 되어가는 것은 아닐까 하는 생각에 몹시 우울해졌다. 소박맞은 미용실 아줌마와 밤낮으로 학을 접던 아줌마가 나와 함께 산책로를 걷고 있는 기분이 들었다.

내 안에서 정상과 비정상에 대한 분류가 시작되고 있는 전조일까? 나를 비정상이라는 서랍에 구겨 넣기 시작한 것은 아닐까?

나는 물건을 판매하는 분들의 '어머님, 아버님' 하는 호칭도 못마땅하다. 내가 나이 들어 보이는 게 마음에 걸려서가 아니다. 왜 나이 든 사람 모두가 누구의 부모일 거라고 생각하는지, 난임이나 불임으로 고통받는 사람들의 마음도 조금만 헤아려주길 바라는 마음이 크다. 어느 날 도깨비처럼 나타난 '다르다'는 기준은 도대체 어디서 생겨난 편견인지.

나를 본다. 있는 그대로의 나를.

어 어
떤 떤
년 놈

story
40

내가 영등포에서 자라서 이런 놈이 됐나 봅니다.

술기운이 그득한 눈으로 그가 말했다. 나는 그가 어떤 '놈'인지 전혀 알지 못한다. 내가 아는 것은 그가 나와 같은 고향 사람이라는 것뿐이다. 그가 잘 때 왼쪽으로 누워 자는 사람인지, 싫은 사람에게 더 친절한 사람인지, 먹기 싫은 음식도 잘 참고 먹는 사람인지, 나는 알지 못한다.

그와 나는 봄밤에 근사하게 술잔을 기울이며 담소를 나눴지만 잘 아는 사이는 아니었다. 이 글을 쓰고 있는 순간에도 난 그에 대해 아는 게 별로 없다.

태어난 곳도 아니고 호적상 본적도 아닌데 우리가 왜 영등포를 고향처럼 생각하는지. 우리가 영등포라는 지명 앞에서 왜 자꾸 뒤를 돌아보는지. 왜 우리의 왼쪽 가슴에 유년의 옷핀처럼 영등포가 꽂혀 있는지. 영등포가 우리를 어떤 '놈' 어떤 '년'으로 길러냈는지. 내가 체육시간에 운동장을 돌 때, 그는 바로 옆 학교에서 수학문제를 풀고 있었을지도 모른다. 그가 화장실에서 몰래 담배를 피울 때 나는 영등포 낡은 극장에서 성인영화를 보고 있었을지도. 아니면 내가 굴다리를 지나갈 때 그도 그곳을 스쳐 집으로 가고 있었을지도. 우린 같은 날 같은 시간에 사창가 불빛을 보며, 자꾸 늘어가는 백화점들을 보며, 기다려도 오지 않을 것 같은 어른의 날들을 기다렸을지도 모른다.

서로 고향이 같다는 공통점만 남기고 우린 그날 이후 다시 만나지 못했다. 만남은 봄밤보다 짧았다.

말해주고 싶었다.

내가 처음 산 엘피판이 퀸의 『오페라가 있는 밤』이었다고. 피아노 학원에 메트로놈을 왜 싫어했는지. 나의 부모에게 언제 깊은 병이 찾아들었는지. 나는 영등포에 살면서 어떤 년으로 자랐는지. 반가운 고향 사람을 만났는데 나에 관한 이야기는 한마디도 꺼내지 못했다. 우린 고향이 같은 것이 아니라 고향을 정의하는 기준이 같았다. 살면서 내 가슴팍에 옷핀처럼 꽂혀 있는, 잊을 만하면 찌르고 피하려 들면 고개를 들이미는, 내가 아는 유일한 변두리, 데

면데면 그리운 고향 영등포.

살면서 때때로 영등포를 생각한다. 싱크대 앞에 서서 늦은 점심을 욱여넣으며, 작업실 천장의 누수를 걱정하며, 같은 고향 사람을 만나고 돌아오며 그렇게 때때로.

이 글로 고향 사람들에게 안부 인사를 전하고 싶다. 그대들이 어떤 놈, 어떤 년으로 늙어가는지 지켜봐주는 사람 곁에서 모두 행복하시라.

공간에도 생명이 있다면, 너도 행복해라 영등포.

안녕,
하
다

하림

누군가와 한 침대에 나란히 걸터앉고 싶은 밤이었습니다. 말갛게 씻은 얼굴로 나를 바라보며 오늘 하루 무슨 일이 있었냐고 묻는 눈동자를 보고 싶었습니다. 작업실 근처엔 밤늦도록 하는 술집이 많았습니다. 길 건너 골목을 걷다 붉은 글씨가 유혹적인 간판을 보고 들어갔습니다. 벽도 바닥도 온통 물에 젖은 듯한 공간. 고양이가 다가와 말을 걸었습니다.

"당신은 누구인가요? 오늘 하루 무슨 일이 있었나요?"

맥주를 두 병쯤 마시고서야 대답할 수 있었습니다.

"나는 그저 그런 하루를 보냈어요. 그런데 저기 걸린 그림은 누구의 그림인가요?"

고양이가 대답했습니다.

"저건 그림이 아니에요. 벽에 묻은 당신 마음이에요."

"저 그림과 함께하고 싶어요."

내가 대답한 순간 고양이는 당근과 셀러리를 썰어 붉은 접시에 내왔습니다.

"당근과 셀러리를 드세요. 당신 마음을 드릴게요."

나는 당근과 셀러리를 먹었고, 벽에 걸려 있던 그림 두 점은 내 것이 되었습니다.

나는 그림이 좋았습니다. 정확히는 그 그림들이 좋았습니다. 종일 헛헛한 연주를 하고 난 대가로 두툼한 지갑을 얻었습니다. 그날 그 그림들을 산 건 나의 외로움을 달래는 행위 그 이상도 이하도 아니었을지도 모릅니다. 하지만 나는 아직 그 그림들을 가지고 있고 그날을 기억합니다. 음악은 누군가의 기억을 지배한다. 내가 받은 소식으로 미루어 보면 더 그렇습니다. 차비와 맞바꾼 음악. 그 음악을 들으며 그림을 그렸다고 했지요. 그로부터 몇 해 뒤, 홍대 어느 구식 살롱에 걸리게 된 그림들은 보자마자 내 마음에 쏙 들었습니다. 내 음악이 누군가에게 닿고, 그것이 그림이 되고, 그 그림은 내 것이 되었습니다. 묘한 순환입니다.

여기까지가 그녀가 「비행기」라는 글에서 내게 쓴 편지에 대한 답
장이다.

그녀와 한 번도 만난 적 없다. 언제까지나 만나지 않으면 좋겠다.
외롭고 힘든 시간이 아직 다 지나가지 않았으므로. 이 책에 등장
하는 사람들은 하나같이 외롭고 힘들다. 철공소 외눈박이 새, 전
교에서 가장 키가 컸던 경애, 칼 가는 노인, 이발소집 첫째 딸, 침
쟁이 백가 아줌마……. '영등포'라는 이름을 가진 그들은 하나도
안녕하지 않은데, 그녀는 그들의 안부를 끊임없이 확인한다. 작고
가난한 생들이 저마다의 궤도를 걷다가 우연히 마주치는, 그 가느
다란 순간을 놓치지 않고 그녀는 길어 올린다. 그리고 기어이 묻
는다. "사람은 꿈 때문에 행복할까, 불행할까?"
이 책을 왜 읽어야 하느냐고 묻는다면 그럴싸한 대답을 찾지 못
하겠다. 사람은 왜 사느냐는 질문 같아서. 다만 이 책은 이야기한
다. 사람은 무엇 때문에 쉽사리 행복해지지도 불행해지지도 않는
존재라는 것을. "바람이 어느 쪽에서 불어오든" 하루하루 안녕하
게 사는 것이 어쩌면 가장 중요한 일이라는 것을.

'작가의 말'을 쓰려니 앞에 쓴 모든 글이 전부 작가의 말이 아닐까 하는 생각이 든다.

새로운 곳으로 거처를 옮긴 지 얼마 되지 않았다. 종종 주소란에 주소를 쓰는 일이 생긴다. 예전 집 주소를 적다가 멈칫할 때가 많았다. 하지만 언제부턴가 그런 실수를 하지 않는다. 변화에 익숙해져서인지 갑자기 총기가 좋아져서인지 모르겠다.

영등포를 떠난 뒤 몇 달간 나의 주소는 '서울시 영등포구'로 시작했다. 영등포라는 지명을 썼다 지우며 '내가 이제 그곳을 떠나왔구나' 실감하곤 했다.

지명이 달라졌다는 사실은 쉽게 받아들였지만 공간이 남긴 어떤 정서는 오랫동안 나를 떠나지 않았다. 영등포가 내게 남긴 정서를 글로 써야 할지 그림으로 그려야 할지 몰라 가끔 낙서로만 남겨두었다.

나는 번화가에 살기도 했고 포구 근처에 살기도 했다.

머물던 공간마다 저마다 색깔이 있는데, 내게 영등포는 언제나 총천연색 알전구로 남아 있다. 아마 새벽시장의 환한 불빛과 사창가의 붉은 불빛 그리고 카바레 불빛과 어두운 뒷골목 불빛들이 한데 모여 만든 빛이 아닐까.

얼마 전 영등포에 있는 거대한 쇼핑센터를 지나갈 일이 있었다. 내가 영등포에서 고등학교 다닐 때 막 백화점과 지하철역들이 생기고 있었는데 그것들을 합친 것만큼이나 커다란 쇼핑센터였다. 영등포는 많이 변해 있었다.

하지만 여전한 것이 하나 있다.

난 아직도 지난 시간을 떠올리며 뭔가를 반성하며 지낸다. 하지만 반성을 많이 한다고 더 좋은 인간이 되는 것은 아닌 것 같다. 반성이 끝나지 않았다는 것은 계속 잘못을 하고 있다는 증거니까.

처음엔 영등포라는 공간에서 출발했는데 점점 내가 뭘 잘못했는지 떠올리는 일에 몰두하며 글을 쓰고 그림을 그렸다.

언젠가 어떤 사람이 책 속 주인공이 나를 닮았다며 한 권의 책을 선물했다. 나는 궁금증을 견디지 못하고 밤새 그 책을 읽었다.

소설 속 주인공은 머리에 500원짜리 동전만 한 '땜통'을 달고 다니는 여자였다.

스트레스성 원형탈모였는데 주변 사람들은 땜통을 가리지 않고 다니는 주인공을 불편하게 여긴다는 내용이었다. 나는 소설을 다 읽고 허공에 대고 욕을 좀 했던 것 같다.

교정지 원고를 다 보고 나니 뒤통수에 진짜 500원짜리 땜통이 생긴 느낌이다. 책이 나오면 이걸 달고 아무렇지 않은 척 다녀야 한다. 소설 속 주인공처럼 말이다.

반성과 부끄러움으로 그 땜통은 더 커질지도 모르지만 그래도 책을 받아들면 왠지 기쁠 것 같기도 하다. 수다스럽고 경박한 내가 보내는 편지로 여겨준다면 조금 더 기쁠 것 같다.

비를 기다리며, 왕벌이 많은 동네에서

고정순

고정순 산문집 **안 녕 하 다**

| **1판 1쇄** | 2016년 5월 27일 |
| **1판 3쇄** | 2021년 3월 22일 |

지은이	고정순
펴낸이	김태형
펴낸곳	제철소
등록	제2014-000058호
전화	070-7717-1924
팩스	0303-3444-3469
전자우편	right_season@naver.com
인스타그램	instagram.com/from.rightseason

© 고정순, 2016

ISBN 979-11-956585-2-7 03810

이 도서의 국립중앙도서관 출판예정도서목록(CIP)은 서지정보유통지원시스템 홈페이지(http://seoji.go.kr)와
국가자료공동목록시스템(http://www.nl.go.kr/kolisnet)에서 이용하실 수 있습니다.
(CIP제어번호: CIP2016012024)